*Atentai às verdades
contidas aqui,
pois elas são o legado vivo
dos Horadrim.*

AK 1285

DIABLO

LIVRO DE TYRAEL

Matt Burns e Doug Alexander

Tradução de Bruno Galiza,
Rodrigo Santos e Priscila Caiado

1ª edição

GALERA RECORD
RIO DE JANEIRO • SÃO PAULO
2014

Introdução

Horadrim, nos encontramos no limiar de um novo capítulo na história dos mortais. Por milhares de anos a humanidade viveu ofuscada por anjos e demônios. No melhor dos casos, os humanos eram vistos com uma fria indiferença. No pior dos casos, eram vistos como notas discordantes na sinfonia da criação ou como armas para influenciar o andamento do Conflito Eterno.

Essa era acabou. Os mortais emergiram de uma posição irrelevante para tornarem-se mestres do seu próprio destino, e agora erguem-se ao lado dos anjos como iguais.

Enquanto penso nestes tempos auspiciosos, lembro-me do preço que foi pago para trazer a humanidade até aqui. Cada mortal que vive hoje está em dívida com um legado de grandes homens e mulheres que abrange toda a extensão da história. O fio que os entrelaça é a maior das características mortais, a chama de inspiração que me fez abrir os olhos para o potencial dos humanos há tanto tempo: sua capacidade de sacrifício e abnegação.

Eu falo de Uldyssian ul-Diomed, o nefalem despertado. Eu falo de Tal Rasha e dos primeiros Horadrim; do ancião erudito Deckard Cain, que perpetuou seus ensinamentos e crenças. Eu falo daqueles corajosos indivíduos que eliminaram o Mal Supremo no Paraíso Celestial, realizando um feito que nem mesmo os anjos foram capazes de fazer.

Você os conhece. Você leu sobre suas proezas e as escolhas difíceis que fizeram na guerra para poupar os corações da humanidade do mal. Mas existe outra pessoa que merece reconhecimento. Alguém que, temo eu, as gerações vindouras interpretarão mal ou mesmo difamarão.

Seu nome era Léa.

Ela era filha da bruxa Ádria e do Errante Sombrio, um homem que serviu de hospedeiro para Diablo, o Senhor do Medo. Desde o momento de seu nascimento, a essência demoníaca espreitava dentro de Léa como um observador silencioso escondido nos cantos escuros de sua alma. Quando chegou a hora, sua própria mãe a traiu, permitindo que Diablo tomasse controle da jovem e corrompesse seu corpo, tornando-a o Mal Supremo renascido.

Alguns de vocês só sabem isso sobre Léa. Vocês podem ver sua história como mais um exemplo da face sombria e da inclinação da humanidade para a corrupção.

Mas quando penso em Léa, não vejo a face do mal. Eu vejo a sobrinha de Deckard Cain, uma jovem de bom coração que era a luz na vida de seu tio. Eu vejo uma pesquisadora determinada debruçada sobre pilhas de tomos antigos, ficando horas e horas acordada em busca de respostas para impedir a chegada do Fim dos Dias. Eu vejo uma amiga enfrentando as legiões do Inferno Ardente, com sua esperança servindo de inspiração a todos que lutaram ao seu lado.

Léa nunca pediu para entrar nessa luta. Sua vocação não foi anunciada, como nunca o é. Seu tio passou quase vinte anos buscando uma maneira de impedir o Fim dos Dias. Quando a morte o levou, seus vastos segredos — armazenados em dúzias de livros, pergaminhos de pesquisa e outros itens vitais — passaram para Léa, embrulhados no último desejo daquele que foi a única família que Léa conheceu:

Cabe a você agora, minha querida, tirar suas próprias conclusões sobre estes textos apócrifos — e alertar o mundo sobre os perigos que se aproximam com o passar dos dias.

Essas palavras e a crença de que o futuro da humanidade repousava diretamente sobre seus ombros assombravam Léa como um espectro. Ela não era uma erudita como Cain e também não era uma grande maga como os primeiros Horadrim. Mesmo assim, ela não foi pelo caminho mais fácil nem fugiu de sua vocação. Ao invés disso, devotou-se inteiramente ao trabalho. Não importa quantas vezes Léa tenha duvidado de si mesma ou quantas vezes o caminho pareceu obscuro demais, ela nunca olhou para trás.

E fez tudo isso com a essência de Diablo se agitando em seu coração.

Tal Rasha disse uma vez sobre os mortais: "Nem sempre podemos mudar o futuro, mas podemos lutar para guiá-lo. Ao fazê-lo, mesmo se falharmos, teremos construído um caminho para que os outros possam seguir."

Não posso citar exemplo maior dessa máxima do que Léa. Mesmo se tivesse sabido a verdade sobre sua origem — e talvez no final ela soubesse —, estava além de sua capacidade mudar as coisas. Estava além da capacidade de todos nós.

Então não a julgue com base no que ela se tornou. Lembre-se da própria Léa, como eu faço. Encontre-a nos grandes feitos que definem os mortais: sua habilidade inata de alcançar alturas que não podem ser vistas, de permanecerem resolutos contra forças opositoras, de sonhar. Lembre-se dela como uma herdeira digna de todos aqueles cujos sacrifícios nos trouxeram a este ponto na história.

Escrevo este relato, pois, nos dias que se aproximam, será bom buscar inspiração na história de Léa. Os mortais venceram muitas batalhas recentemente, mas ainda há muito que fazer.

Aqui apresento a Profecia do Fim dos Dias:

*...E no fim dos dias, a Sabedoria se perderá
enquanto a Justiça cai no mundo dos homens.
Bravura se tornará Ira —
e toda Esperança será engolida pelo Desespero.
A Morte finalmente abrirá as asas sobre todos,
enquanto o Destino jaz despedaçado para sempre.*

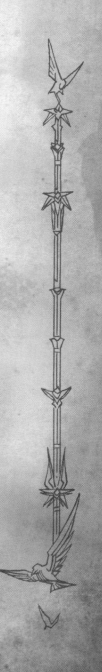

Nem todos esses eventos já aconteceram. Acredito que tudo que nos espera está escondido nesses versos enigmáticos. Para melhor prepará-lo contra esse futuro agourento, o tomo que está em suas mãos reúne conhecimento que ajudará a protegê-lo contra uma série de ameaças sombrias. Dou detalhes sobre esses assuntos — da traidora Ádria até a Pedra Negra das Almas e muitos outros — nos capítulos seguintes. Grande parte da informação contida aqui foi retirada dos textos de Cain e da investigação de Léa sobre o Fim dos Dias — conhecimento que permanece extremamente importante para a nossa causa.

Não tenho a pretensão de dizer que estas páginas contêm tudo que é necessário saber sobre as batalhas vindouras. Este livro é apenas a continuação da pesquisa que foi iniciada pelo primeiro Horadrim, continuada por Deckard Cain e, mais recentemente, por Léa.

Agora que a humanidade está com os olhos voltados para o futuro, essa missão recai sobre você.

Saiba que, mais do que nunca, o mundo mortal precisa de heróis. Em breve pode chegar a hora em que pedirão que você faça o sacrifício final. Se isso acontecer, encontre a coragem na memória de Uldyssian, Tal Rasha, Deckard Cain e Léa. Lembre-se de tudo o que eles superaram, como eles se agarraram ao enorme potencial que arde em cada coração humano.

Acima de tudo, lembre-se de que não importa o quanto o futuro ficar fora de controle e de quão sombrios os dias possam tornar-se, um único mortal tem o poder de mudar não somente este mundo, mas os reinos além.

—Tyrael

Parte Um
Ádria

O que se segue é uma coleção de cartas que encontrei entre as posses de Léa no Forte da Vigília. Inclui uma investigação do passado de sua mãe escrita por Cain acompanhada de registros pessoais do diário e notas de Léa. Não sei o paradeiro atual de Ádria, mas acredito que ela ainda esteja viva. Leia as passagens a seguir com atenção, pois elas contêm informações importantes para serem usadas contra a traidora, caso seus caminhos se cruzem novamente.

Dia 5 de Rathan de 1285 Anno Kehjistani

Ao me lembrar dos acontecimentos recentes, é difícil acreditar na quantidade de coisas que aconteceram. Para citar uma, eu finalmente me reencontrei com minha mãe, Ádria. Juntas, nós recuperamos a Pedra Negra das Almas, uma relíquia criada pelo Horadrim renegado Zoltun Kell. Depois, alguns dias atrás, Belial quase destruiu Caldeum. Ainda posso ver os meteoros caindo do céu, despedaçando as torres majestosas da cidade e levando tantas vidas inocentes.

Mas o que não consigo esquecer é que perdi o tio Deckard. Sou assombrada por aquele dia em Nova Tristram, a sensação de impotência que senti ao vê-lo exalar seu último suspiro.

Estar em Caldeum só torna as lembranças mais dolorosas. Meu tio adorava esta cidade. Todo lugar que olho traz de volta à memória os anos que passamos aqui, explorando os becos estreitos, vasculhando pilhas de pergaminhos empoeirados na Grande Biblioteca. Agora o

único vínculo real que tenho com meu tio é a pesquisa que ele me deixou.

O Fim dos Dias. Não posso dizer quantas vezes o tio Deckard tagarelou sobre a Profecia, murmurando as palavras baixinho. Como ele conseguiu continuar esse trabalho tedioso por tanto tempo? Os livros não acabam nunca. Levaria uma vida inteira para ler todos eles. Esta manhã, encontrei um novo diário no meio de suas coisas. Sei que deveria abri-lo, mas temo que se o fizer somente terei mais perguntas a fazer.

Sinto que Tyrael, Ádria e o nefalem esperam que eu tenha algum tipo de revelação. Eles acreditam que tenho todas as respostas, mas a verdade é que eu não sei coisa nenhuma. São eles que têm o poder verdadeiro.

Queria que o tio Deckard estivesse aqui para me guiar. Queria pode contar a ele tudo que aconteceu. Tyrael recuperou sua memória, e quando ele me conta sobre o Conselho Ângiris ou o Paraíso Celestial, só consigo pensar em como o tio Deckard adoraria ouvir essas histórias.

Mais que tudo, eu só queria poder ouvir sua voz uma última vez. Quero que ele me diga que está tudo bem com ele. Ele sempre dizia que havia algo esperando por nós após a morte. Um paraíso.

Espero que o tenha encontrado, tio. Espero que seja tudo aquilo que o senhor sonhou que fosse.

—Léa

A Bruxa de Tristram

Isso é tão estranho assim? Ele descreveu minha mãe tantas vezes para mim que eu podia vê-la na minha mente.

Léa pergunta sobre sua mãe com uma frequência cada vez maior. Eu esperava que isso acontecesse quando fomos para Nova Tristram. Mesmo assim, isso me incomoda. Esta cidade tem uma maneira de desenterrar memórias que gostaríamos de deixar esquecidas.

No dia em que chegamos, Léa desenhou um retrato de Ádria que me deixou perturbado. Mesmo sem nunca ter conhecido a mãe, ela criou uma imagem perfeita da mulher. Talvez estar tão perto das ruínas da cabana de Ádria tenha despertado algo em Léa. Eu a alertei para não chegar perto do lugar, mas ela não me ouve.

Posso culpá-la por querer saber mais sobre a mãe? Verdade seja dita, também encontro meus pensamentos cada vez mais voltados para Ádria. Já há algum tempo cogito voltar à pilha de notas que escrevi sobre ela. Finalmente, sinto que tenho informação suficiente para montar um perfil preciso. E suponho que não há lugar melhor para fazer isso do que aqui em Tristram, onde conheci a bruxa.

Então, o que sei sobre Ádria? Ela é um enigma que creio que nunca entenderei. Às vezes parecia suspeita, mas outras vezes era nobre e até carinhosa. O que posso dizer com certeza é que ela era impetuosa e inteligente, irradiando uma mistura de graça, beleza e poder bruto e assustador.

Encontrei Ádria pela primeira vez durante a Escuridão de Tristram. Ela chegou à cidade enquanto muitos outros estavam fugindo. Assim sendo, eu a encarei com desconfiança. Aparentemente, durante a noite ela construiu uma pequena cabana na periferia da cidade, onde vendia estranhos artefatos arcanos e tomos de conhecimento, muitos dos quais nem mesmo eu havia visto antes.

Finalmente criei coragem de falar com ela. Para minha alegria, descobri que ela era versada em história antiga. Costumávamos passar horas na Estalagem do Sol Nascente, discutindo as grandes batalhas das Guerras dos Clãs de Magos, o mistério da origem da fé Zakarum e à

Isso não parece ser direcionado a ninguém em especial. Seria algum dos diários pessoais do tio?

Guerra do Pecado. Especificamente, ela tinha interesse nos Horadrim e nos contos relacionados a Zoltun Kell e à Pedra Negra das Almas. *Discutidos no Livro de Cain.*

Sua curiosidade nunca me intrigou. Ao contrário, eu comecei a admirar Ádria. Nós dois acreditávamos que o conhecimento é a arma mais poderosa à nossa disposição. Fornecíamos informações para o Príncipe Aidan e seus companheiros, ajudando-os na batalha contra as forças demoníacas que ameaçavam Tristram.

Mas sempre senti que a bruxa buscava alguma verdade perdida naquelas histórias antigas. Infelizmente, nunca tive a chance de descobrir do que se tratava. Depois da derrota do Senhor do Medo, Ádria sumiu de Tristram tão repentinamente quanto apareceu.

A bruxa não tinha mais motivos para ficar. O reino de terror de Diablo estava no fim. Mesmo assim, sua partida me deixou com uma enorme sensação de perda. Havia algo quase contagioso na ambição e confiança de Ádria. De certo modo, foi por causa dela que comecei a viver de acordo com minha linhagem Horádrica, apesar de ser tarde demais para poupar o povo de Tristram dos horrores que enfrentaram.

Mais tarde soube que Ádria tinha levado a garçonete Gillian para Caldeum, no leste, onde a bruxa então deu à luz Léa. Mas Ádria não ficou para cuidar da filha. Ela partiu da cidade em uma missão misteriosa, deixando a pobre Gillian sozinha para cuidar da criança.

Os anos passaram, e ouvi o rumor de que Ádria perecera nas Terras do Pavor, mas não sabia nada das circunstâncias de sua morte, e também não tinha disposição de buscar a verdade. Minha investigação acerca do Fim dos Dias tomava todo o meu tempo. Ádria e nosso tempo juntos se tornaram uma memória distante.

Mas o destino é inexorável, sempre nos levando por caminhos inexplicáveis. Minha vida entrelaçou-se novamente à de Ádria quando visitei Léa e Gillian em Caldeum. A loucura tomara toda a beleza e o otimismo da garçonete (assim como a de muitos outros que ficaram no caminho dos Males Supremos). Como não era mais capaz de

Eu devo tudo a você, tio. Se o senhor não tivesse me adotado, que curso minha vida teria tomado?

cuidar de Léa, ela foi para um sanatório na parte norte da cidade, e eu fiquei com a tarefa de cuidar da filha de Ádria.

Como minha vida mudou naquele dia... Reconheço que estava desconfiado da criança. Ela exibia uma afinidade com magia ainda maior do que Ádria, e isso era perturbador. A jovenzinha costumava acordar durante a noite aterrorizada por estranhos pesadelos. Às vezes parecia que ela se movia ou agia sem ter consciência disso. Mas eu sabia que, apesar dessas coisas, ela tinha um coração puro, cheio de coragem e esperança.

Léa se tornou minha protegida. Eu a arrastei para muitos lugares estranhos e afastados, buscando pistas sobre o Fim dos Dias onde fosse possível encontrá-las. Inesperadamente, sua presença deu um novo significado à minha busca. Redobrei meus esforços sabendo que não havia nada mais importante do que lutar por Léa e pelo futuro que ela representava.

Em nível pessoal, ela despertou algo em mim que pensei que havia perdido para sempre: a alegria e o amor de ter uma família. Léa começou a lembrar-me mais e mais do meu próprio filho, aquele que morrera havia tantos anos. Ela me obrigou a encarar e superar os erros do meu passado... as coisas que tentei esconder por tanto tempo. Apesar de não merecer, Léa me deu uma segunda chance de viver. Ela me tornou uma pessoa melhor. Nunca poderei retribuir isso.

Mas estou divagando. A presença de Léa também reviveu meu interesse em Ádria. Parecia mais importante do que nunca aprender mais sobre a bruxa, agora que eu cuidava de sua filha. Resolvi investigar seu passado quando tivesse algum tempo livre. Prometi a mim mesmo que todas as informações que conseguisse, compartilharia com Léa.

Depois de todos esses anos, não mantive minha promessa.

Minha investigação de Ádria logo se tornou uma obsessão, rivalizando em importância com minha pesquisa do Fim dos Dias. Mesmo assim, mantive minhas descobertas escondidas de Léa.

Sempre me pergunto se foi sábio fazê-lo. Será que ela, mais que todos os outros, não merecia saber?

Talvez, mas algo parecido com instinto me impediu de contar mais a ela. Como um erudito, busco os fatos para me guiar. Nunca coloquei muita fé no meu instinto. Mas, neste caso, é tudo que tenho para me apoiar. Só espero ter feito a melhor escolha.

Dia 21 de Rathan de
1285 Anno Kehjistani

Não consigo dormir.

Vamos para o Forte da Vigília amanhã de manhã. Azmodan está reunindo suas forças para montar um cerco à antiga fortaleza, e estou ansiosa para ver o que encontraremos quando chegarmos lá.

Mas há outro motivo que me mantém acordada. Não consigo parar de pensar no diário do tio Deckard. Por que ele não me disse que sabia tanto sobre minha mãe? Ele sempre dizia que ela estava morta. Ele estava mentindo o tempo todo? Será que pensou que eu teria medo da verdade?

Acho que não faz sentido ficar com raiva disso agora. Conhecendo o tio, ele provavelmente pensou que estava me protegendo ao esconder a verdade. Sua escolha, por mais que eu discorde dela, foi baseada em boas intenções.

Mas nada disso muda o fato de que estou presa a este diário. De alguma forma, sinto como se estivesse traindo o tio Deckard ao lê-lo. Ainda assim, se ele o deixou junto de suas coisas, deve ter suspeitado que algum dia eu o encontraria.

Por que estou falando sobre isso? É estranho que com uma batalha se aproximando — com o destino de tudo por um fio — eu deixe que um simples diário me incomode.

Seria melhor se eu simplesmente o deixasse de lado, talvez aqui mesmo em Caldeum até que esta loucura acabe. A última coisa que preciso no momento é de mais um motivo para me preocupar.

Decidirei amanhã. Já está ficando tarde e eu preciso descansar.

—Léa

Por toda sua vida, o tio Deckard esteve sempre buscando respostas.

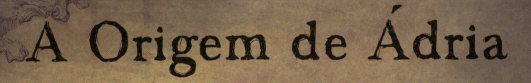

A Origem de Ádria

Para realmente entender alguém, é preciso conhecer as circunstâncias de sua criação. Foi por isso que quando comecei a investigar Léa averiguei primeiro sua infância.

Uma noite em Tristram, perguntei a Ádria sobre sua origem, mas ela disse apenas que seu pai havia sido um mercador. Fora isso, ignorou ou evitou minhas perguntas subsequentes sobre seu passado. Apesar disso, consegui juntar algumas pistas do tempo que passei com ela. A maioria dos feitiços e receitas boticárias que ela sabia era usada comumente por bruxas reclusas que viviam em Hespéria. Sua voz também tinha um leve sotaque (o que, ao que parece, ela tentava esconder) que a marcava como alguém nascido e criado nas docas de Porto Real. O discurso daquela parte da cidade costeira é inconfundível, mesmo comparado ao de outros centros populacionais de Hespéria.

Deste modo, durante uma viagem a Hespéria em busca de um antigo código Zakarum, fui à área das docas em Porto Real. Por sorte, conhecia um membro da guarda aposentado da cidade. Um homem, na época, quase tão velho quanto eu agora. Tendo vivido e trabalhado na área por uma vida inteira, ele imediatamente reconheceu o nome Ádria.

Seu pai, Sevrin, descendia de uma longa linhagem de mercadores poderosos. Ele era um tipo instável, suscetível a atos súbitos de violência desproposital. Antes do décimo aniversário de Ádria, Sevrin perdeu uma pequena

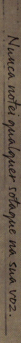

Nunca notei qualquer sotaque na sua voz.

Quando pergunto a Ádria sobre seu passado, ela sempre muda de assunto. Por quê? O que ela esconde?

fortuna quando alguns de seus navios foram destruídos em uma tempestade. No surto de raiva que se seguiu, ele estrangulou a esposa até a morte. Meu contato e os guardas da cidade prenderam o homem e o acusaram de assassinato, um crime punível com enforcamento. Mas devido à sua riqueza e influência, Sevrin conseguiu o perdão e foi liberado da prisão.

O que acho estranho é que Ádria não fugiu durante essa série de eventos. Pelo contrário, o meu contato disse que a garotinha permaneceu do lado de fora da prisão. Quando Sevrin foi libertado, os dois voltaram a viver em sua casa perto das docas.

Comprar sua liberdade custou caro para Sevrin. Gradualmente, ele foi contraindo pesadas dívidas e fez vários inimigos perigosos. O meu contato disse que logo após esses eventos, a casa de Sevrin pegou fogo no meio da noite. Os guardas da cidade correram para apagar as chamas. Segundo um dos registros oficiais:

> Pela ruína de Akarat, aquele fogo ardia com uma ira sobrenatural. Dois guardas sucumbiram ao incêndio: o calor amaldiçoado torrou-os em suas armaduras. Água não causou efeito algum sobre as chamas a princípio. Foi necessário um dia inteiro para extinguir o incêndio.

Quando as chamas viraram cinzas, só restavam os ossos carbonizados de Sevrin. Quanto a Ádria, um dos primeiros guardas a chegar relatou ter visto uma menininha do lado de fora encarando as chamas, antes de desaparecer nas sombras. Embora pareça lógico que um dos mercadores inimigos de Sevrin tenha causado a matança, não posso evitar pensar que Ádria tenha desempenhado algum papel.

Não sei quase nada sobre o paradeiro e as atividades da Ádria após esse trágico acontecimento. Parece que ela fugiu para o deserto no entorno de Porto Real, e talvez tenha viajado para o norte até a capital do reino (também chamada de Hespéria). O fato de que ela tenha feito isso tão jovem é a prova de sua desenvoltura e força de vontade.

O que sei com certeza é que ela, em algum momento, envolveu-se com um pequeno e secreto grupo de bruxas que existiam em áreas remotas da região.

Eu lembro dessa viagem. O tio nunca me contou por que fomos até lá. Ele me deixou com um velho amigo seu quando foi procurar o código Zakarum.

É difícil acreditar que ela tenha ficado ao lado de seu pai apenas para matá-lo depois.

Com o passar dos anos, ela se tornou uma figura importante nesse meio.

Encontrei minha primeira pista concreta sobre as atividades recentes de Ádria quando estava investigando o Culto por causa de seu possível envolvimento com o Fim dos Dias. Eu considerava esse grupo remanescente do Triuno, a antiga religião criada por Diablo, Baal e Mefisto para voltar os corações da humanidade para a escuridão. Os eventos violentos da Guerra do Pecado despedaçaram o Triuno, dividindo-o em vários grupos menores sem uma liderança coerente.

Nos séculos seguintes, ele definhou em ignomínia, desprezado e marginalizado pela sociedade. O Triuno teve um breve ressurgimento na época conhecida como Exílio das Trevas, mas desapareceu rapidamente quando os Horadrim aprisionaram os Males Supremos.

Foi apenas em minha época que o grupo levantou-se uma vez mais nas terras ocidentais, sendo conhecido como o Culto. Segundo os relatos, parece que duas bruxas se juntaram ao frágil culto e envenenaram seus líderes. Em seguida, essas usurpadoras assumiram o controle do Culto, tornando-o uma perigosa nova ordem que praticava tortura e evocações demoníacas. Dizem que essas bruxas se alimentavam da crença de que estavam destinadas a tornarem-se arautos mortais do Inferno Ardente.

Eu sabia com certeza que uma dessas líderes era Maghda, uma pessoa maligna e fanática que estava disposta a sacrificar seus seguidores para atingir seus objetivos. Os relatos de sua crueldade e depravação foram o que me instigou a pesquisar o Culto em primeiro lugar. Mas a identidade de sua parceira era uma incógnita para mim.

Eu creio que eventualmente os membros restantes do Triuno partiram do Kehjistão para o Oeste em busca de um novo começo. Sob o comando de Maghda, eles retornaram ao Leste e reivindicaram os desertos ao redor de Caldeum.

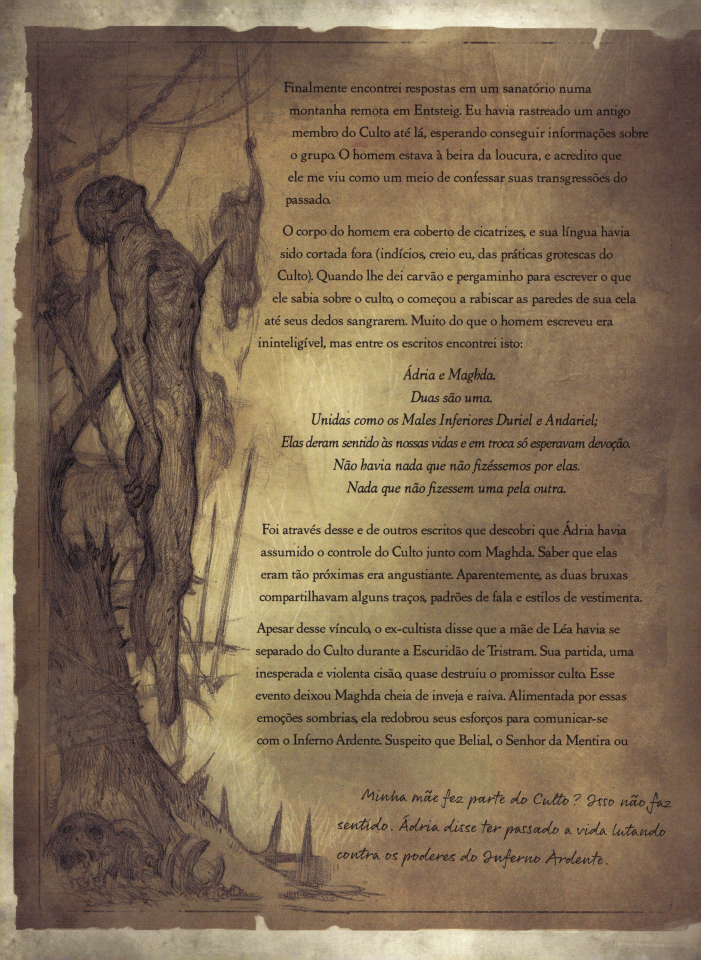

Finalmente encontrei respostas em um sanatório numa montanha remota em Entsteig. Eu havia rastreado um antigo membro do Culto até lá, esperando conseguir informações sobre o grupo. O homem estava à beira da loucura, e acredito que ele me viu como um meio de confessar suas transgressões do passado.

O corpo do homem era coberto de cicatrizes, e sua língua havia sido cortada fora (indícios, creio eu, das práticas grotescas do Culto). Quando lhe dei carvão e pergaminho para escrever o que ele sabia sobre o culto, o começou a rabiscar as paredes de sua cela até seus dedos sangrarem. Muito do que o homem escreveu era ininteligível, mas entre os escritos encontrei isto:

Ádria e Maghda.
Duas são uma.
Unidas como os Males Inferiores Duriel e Andariel;
Elas deram sentido às nossas vidas e em troca só esperavam devoção.
Não havia nada que não fizéssemos por elas.
Nada que não fizessem uma pela outra.

Foi através desse e de outros escritos que descobri que Ádria havia assumido o controle do Culto junto com Maghda. Saber que elas eram tão próximas era angustiante. Aparentemente, as duas bruxas compartilhavam alguns traços, padrões de fala e estilos de vestimenta.

Apesar desse vínculo, o ex-cultista disse que a mãe de Léa havia se separado do Culto durante a Escuridão de Tristram. Sua partida, uma inesperada e violenta cisão, quase destruiu o promissor culto. Esse evento deixou Maghda cheia de inveja e raiva. Alimentada por essas emoções sombrias, ela redobrou seus esforços para comunicar-se com o Inferno Ardente. Suspeito que Belial, o Senhor da Mentira ou

Minha mãe fez parte do Culto? Isso não faz sentido. Ádria disse ter passado a vida lutando contra os poderes do Inferno Ardente.

Azmodan, o senhor do Pecado, respondeu seu chamado, apesar ainda não termos provas concretas para apoiar essa teoria.

Quanto a Ádria, ela havia apagado quaisquer vestígios de sua associação com o Culto já na época em que chegou a Tristram. Lembrando agora, me pergunto se ela havia criado uma nova identidade ou se simplesmente voltou a ser o que era antes. A pessoa que conheci e com quem passei tantas horas conversando era a verdadeira Ádria? Ou aquela era apenas mais uma máscara que ela usava?

O que mais me causava preocupação era o porquê de Ádria ter deixado o Culto. Quero acreditar que ela se arrependeu de suas ações, mas a verdade não é tão simples. Maghda sempre foi devotada ao culto, mas Ádria parecia estar apenas de passagem, conduzida pelo fascínio pelo poder. Se há algo que sei sobre ela, é que age com um propósito.

Com tudo isso em mente, suspeito que Ádria tenha me procurado em Tristram para aprender o que pudesse sobre os Horadrim e o conhecimento antigo que estava em minha posse. Mas suas intenções eram boas ou más? Que novo objetivo ela viu despontando no horizonte?

Ainda se passariam alguns anos até que eu soubesse a resposta para estas perguntas.

Ainda não contei a Ádria sobre o diário. Preciso de mais tempo para pensar sobre o que li. A última coisa que quero é arruinar sua opinião sobre o tio Deckard. Ela sempre o considerou um amigo.

Dia 3 de Kathon de
1285 Anno Kehjistani

Sofri minha vida inteira com pesadelos terríveis. Sonhos de sangue e guerra, de corpos inchados sendo devorados até os ossos por corvos enormes. Olhos negros como óleo me encarando com ódio, me enchendo de maus presságios. Algumas vezes sonho com anjos e demônios com uma clareza assustadora, como se as coisas que vejo fossem mais próximas de memórias do que fruto da minha imaginação.

Desde que recuperamos a Pedra Negra das Almas, os pesadelos ficaram piores. Manter vigilância sobre o cristal toma quase todo o meu tempo. Posso sentir cinco males aprisionados nela, me observando. Eles se debatem contra as paredes da prisão, e ouço gritos na minha mente.

As lições da minha mãe são as únicas coisas que me permitem manter o controle. Dia após dia, ela me ensina como concentrar minha magia e usá-la para conter a escuridão dentro da pedra das almas. Ela é rigorosa e exigente, porém justa. Nunca desiste de mim.

No início, eu estava hesitante em receber conselhos de Ádria. O tio Deckard tentou, sem sucesso, me ajudar a controlar meu dom, mas o treinamento nunca chegou a mudar nada. Ele dizia que minhas habilidades eram perigosas. Através das lições de Ádria, eu comecei a ver as coisas de um modo diferente. Este poder é parte de mim. Usá-lo me faz sentir como se estivesse tocando algo que sempre desejou ser libertado. Pela primeira vez desde que deixei Nova Tristram, sinto que posso fazer alguma diferença na batalha contra as forças do Inferno.

        –Léa

A Missão de Ádria

Nos anos seguintes à minha visita ao sanatório de Entsteig, eu sentiria com frequência a presença de Ádria por perto. Léa sempre perguntava por sua mãe inesperadamente nessas horas ou repetia seu nome incontáveis vezes durante seu sono inquieto. Mas Ádria permanecia escondida, frustrando minhas tentativas de rastreá-la.

Que propósito trouxe a bruxa para perto de nós? Ela estava verificando o bem-estar de sua filha ou cruzamos o caminho de Ádria por acidente?

Essas perguntas incômodas me atormentavam, me rendendo várias noites sem dormir. Em pouco tempo, tornou-se difícil manter-me concentrado em minha investigação do Fim dos Dias. Para meu alívio, finalmente encontrei respostas enquanto fazia pesquisas na Grande Biblioteca de Caldeum. Um amigo erudito disse-me que uma bruxa que correspondia à descrição de Ádria estivera na cidade recentemente. Ele disse que ela visitou a biblioteca, perguntando sobre as famosas batalhas que ocorreram durante a Guerra do Pecado e as Guerras dos Clãs de Magos. As Areias Desoladas, os portões da antiga Viz-jun e as ruínas da Catedral da Luz — esses foram os nomes revelados a mim.

Imediatamente entendi o que significavam as palavras do erudito. Em Tristram, Ádria e eu tínhamos discutido sobre os mesmos sítios históricos. Esses eram os lugares que o notável Horadrim Zoltun Kell frequentara havia muitos séculos. Segundo alguns magos e eruditos, anjos e demônios pereceram em muitos desses locais.

E com essa revelação, os fragmentos de meias verdades começaram a tomar forma. Ádria sempre foi estranhamente fascinada por Zoltun Kell e, especificamente, sua mais deplorável criação: a Pedra Negra das Almas. Seria essa sua busca por todos esses anos? Encontrar o infame artefato?

Minha mãe admitiu seu envolvimento com o Culto. Ela diz que era parte de sua missão na guerra contra o Inferno, mas ela confessa que foi longe demais. Eu não contei a Tyrael nem aos outros. Não posso. Eles podem perder a confiança em Ádria no momento que em que mais devemos trabalhar juntos.

Algumas vezes um forte desejo de vê-la me dominava. Isso durava horas. Até mesmo dias.

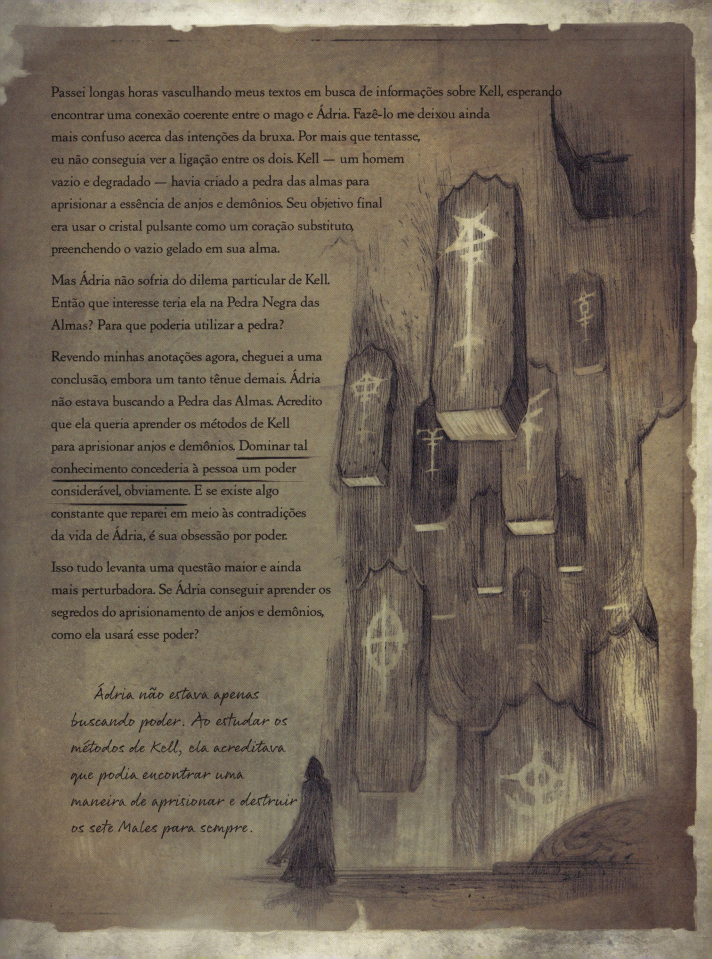

Passei longas horas vasculhando meus textos em busca de informações sobre Kell, esperando encontrar uma conexão coerente entre o mago e Ádria. Fazê-lo me deixou ainda mais confuso acerca das intenções da bruxa. Por mais que tentasse, eu não conseguia ver a ligação entre os dois. Kell — um homem vazio e degradado — havia criado a pedra das almas para aprisionar a essência de anjos e demônios. Seu objetivo final era usar o cristal pulsante como um coração substituto, preenchendo o vazio gelado em sua alma.

Mas Ádria não sofria do dilema particular de Kell. Então que interesse teria ela na Pedra Negra das Almas? Para que poderia utilizar a pedra?

Revendo minhas anotações agora, cheguei a uma conclusão, embora um tanto tênue demais. Ádria não estava buscando a Pedra das Almas. Acredito que ela queria aprender os métodos de Kell para aprisionar anjos e demônios. Dominar tal conhecimento concederia à pessoa um poder considerável, obviamente. E se existe algo constante que reparei em meio às contradições da vida de Ádria, é sua obsessão por poder.

Isso tudo levanta uma questão maior e ainda mais perturbadora. Se Ádria conseguir aprender os segredos do aprisionamento de anjos e demônios, como ela usará esse poder?

Ádria não estava apenas buscando poder. Ao estudar os métodos de Kell, ela acreditava que podia encontrar uma maneira de aprisionar e destruir os sete Males para sempre.

Zoltun Kell e a Pedra Negra das Almas

Passei vários anos documentando personalidades históricas. Em todo esse tempo, poucas delas me encheram tanto de repugnância quanto de reverência. Zoltun Kell é uma delas.

Textos antigos descrevem-no de várias formas: um homem que já foi virtuoso, perdido no abismo da obsessão, um assassino e torturador e um membro heroico dos Horadrim. Porém mais do que tudo, ele é conhecido como o criador da Pedra Negra das Almas, um simulacro profano dos três cristais que o arcanjo Tyrael outorgou aos Horadrim.

Nas páginas a seguir, examinarei como ele conseguiu tal feito e especularei sobre quais eram suas intenções.

Para começar, é muito importante entender as origens de Kell. Ele vem do clã de magos Ennead, um grupo renomado por seu domínio da transmutação e encantamentos. Como seus pares, Kell dedicou a vida à nobre busca dessas ciências, sempre procurando manipular os componentes básicos do mundo físico.

Em *A Natureza das Pedras das Almas*, Jered Cain descreveu sucintamente Zoltun Kell da seguinte forma:

> *Em todas as coisas, ele vislumbrava os elementos da vida, prontas para o cultivo.*
> *Nos seus melhores dias, era impulsionado por sonhos de elevar os homens a novas*
> *e maravilhosas alturas. Kell, talvez acima de todos os outros Horadrim, tinha o*
> *poder e a sabedoria para tornar sua grande visão de um mundo melhor — um*
> *mundo desprovido de suas inerentes falhas — uma realidade.*

Durante a Caça aos Três, Tal Rasha incumbiu Kell da importante tarefa de proteger as Pedras das Almas Âmbar, Safira e Carmesim. A experiência dos magos Ennead no campo dos objetos físicos o tornou a escolha perfeita para tal tarefa. Jered escreveu que frequentemente encontrava Kell acordado tarde da noite fazendo experiências com as pedras das almas e documentando suas propriedades.

O tio Deckard mencionou vários textos sobre Zoltun Kell,
mas só consegui encontrar este aqui entre suas coisas.

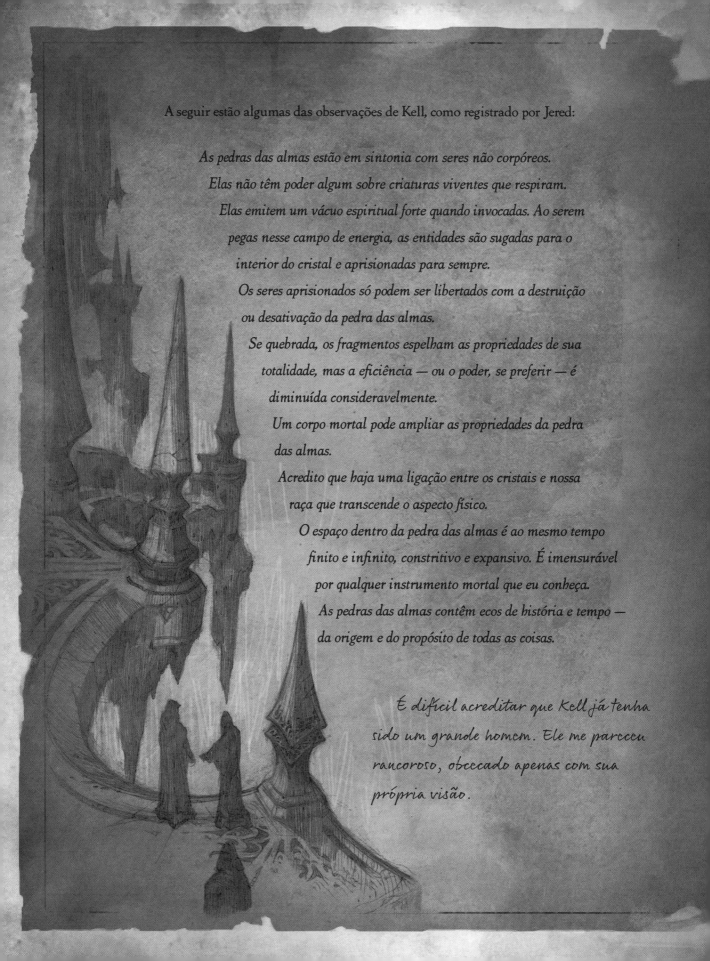

A seguir estão algumas das observações de Kell, como registrado por Jered:

As pedras das almas estão em sintonia com seres não corpóreos.

Elas não têm poder algum sobre criaturas viventes que respiram.

Elas emitem um vácuo espiritual forte quando invocadas. Ao serem pegas nesse campo de energia, as entidades são sugadas para o interior do cristal e aprisionadas para sempre.

Os seres aprisionados só podem ser libertados com a destruição ou desativação da pedra das almas.

Se quebrada, os fragmentos espelham as propriedades de sua totalidade, mas a eficiência — ou o poder, se preferir — é diminuída consideravelmente.

Um corpo mortal pode ampliar as propriedades da pedra das almas.

Acredito que haja uma ligação entre os cristais e nossa raça que transcende o aspecto físico.

O espaço dentro da pedra das almas é ao mesmo tempo finito e infinito, constritivo e expansivo. É imensurável por qualquer instrumento mortal que eu conheça.

As pedras das almas contêm ecos de história e tempo — da origem e do propósito de todas as coisas.

É difícil acreditar que Kell já tenha sido um grande homem. Ele me pareceu rancoroso, obcecado apenas com sua própria visão.

Não voltarei aos eventos da Caça aos Três aqui, pois os documentei em outro lugar. É suficiente dizer que Kell se tornou um mestre das pedras das almas. Seu conhecimento delas logo intrigou os próprios Horadrim. Com grande fervor e determinação, ele explicou tudo que havia aprendido para ajudar seus irmãos a aprisionarem os Males Supremos.

Tragicamente, a angustiante busca teve seus efeitos no mago Ennead. Outrora alegre e espirituoso, ele se tornou uma casca sem sentimentos, insensível até mesmo às mais simples emoções humanas.

Após a caça, o comportamento de Kell ficou cada vez mais tenebroso. Dizem que ele se tornou extremamente desconfiado do Paraíso Celestial. Em mais de uma ocasião esbravejou com os outros Horadrim sobre como o Conselho Ângiris quase votou pela erradicação da humanidade durante a Guerra do Pecado. Kell acreditava que o Conflito Eterno inevitavelmente varreria a humanidade da existência a menos que eles se elevassem ao seu potencial "verdadeiro". Com isso, suspeito que ele quisesse dizer as origens nefalem da humanidade. Infelizmente, o caminho que seguiu para chegar a esse objetivo era indesculpável.

Kell se afastou dos Horadrim e foi para o leste, desaparecendo nos desertos próximos a Caldeum. Sem o conhecimento do restante da ordem, ele usou seus grandes poderes para moldar a terra à sua vontade, forjando vastos arquivos abaixo das dunas. Pelo que posso concluir, foi ali que ele formulou a ideia da Pedra Negra das Almas. Ao aprisionar anjos e demônios no cristal, Kell acreditava que ele serviria como um catalisador para infundir sua alma com os elementos da vida — tristeza, alegria, amor, ódio e todos os outros.

Minha mãe me contou que Kell atraía magos iniciantes aos seus arquivos e os submetia a experiências revoltantes. Ele drenava seu sangue e extraía seus órgãos enquanto tentava destilar sua "essência" nefalem.

Como ele efetivamente criou a pedra permanece um grande mistério. Nem mesmo Jered escreveu conclusivamente sobre o assunto (mas talvez tenha sido intencional). Dos registros mais suspeitos que encontrei, um fala sobre como Kell drenou seu próprio sangue e o transmutou em cristal. Outro afirma que o mago escavou os restos mortais de um nefalem lendário e moldou os ossos para criar a Pedra Negra das Almas.

Mas esses contos estão cheios de conjecturas e boatos e, portanto, devem ser vistos com ceticismo. O fato importante é que Kell conseguiu criar a pedra das almas. Ele então partiu para aprisionar anjos e demônios no cristal. Para isso, o mago Ennead viajou para os locais da época da Guerra do Pecado e das Guerras dos Clãs de Magos — lugares onde batalhas terríveis foram travadas entre anjos, demônios e os nefalem.

Para entender completamente a visão de Kell, é fundamental entender algo relacionado à natureza dos demônios. Pelo que sei, quando uma dessas criaturas é morta no reino mortal, ela deixa algo para trás — um tipo de sombra. Pode ajudar se pensarmos nessa sombra como uma porção remanescente da essência no demônio gravada no nosso mundo.

Os anjos, por outro lado, são completamente diferentes. Muito provavelmente Kell desenvolveu uma técnica para aprisionar anjos diferente da que ele usava com os demônios, mas não tenho detalhes sobre isso.

O que sei é que Kell usou várias técnicas para marcar anjos e as essências de demônios mortos. Ele planejava lançar um poderoso feitiço de evocação que os aprisionaria nas profundezas da Pedra Negra das Almas.

Pergunto-me se isto é verdade. Os Horadrim que os enfrentaram afirmaram que ele sangrava areia.

Kell trabalhou sem parar para aperfeiçoar seus métodos. Dizem que ele desenvolveu um sistema de runas completamente novo para aprisionar e evocar demônios (talvez influenciado de algum modo por magia Vizjerei). Em pouco tempo, ele havia marcado vários locais do Kehjistão.

Nessa época, os Horadrim ficaram sabendo das intenções de Kell. Depois de muita deliberação e planejamento, eles invadiram os arquivos obscuros do mago Ennead. Kell havia se preparado para tal possibilidade enchendo seu covil de armadilhas e construtos guardiões feitos de areia viva. Um dos Horadrim que assumiu a missão, Iben Fahd, escreveu que muitos dos seus irmãos perderam a vida no ataque. Apesar disso, os Horadrim prevaleceram no final. Eles frustraram Kell no momento em que este estava prestes a lançar seu poderoso feitiço de evocação.

Quanto ao destino de Kell, eu sei que os Horadrim não podiam matá-lo — pelo menos não no sentido comum da palavra. Talvez Kell tenha realmente despertado seu poder nefalem, sendo agraciado com poderes extraordinários. Qualquer que fosse o caso, os Horadrim foram forçados a realizar uma tarefa mais repugnante: desmembrar Kell. Eles esconderam sua cabeça no Oásis de Dahlgur e trancafiaram seu corpo no que Iben Fahd misteriosamente se referia como "Reino Sombrio". Ouvi rumores que esse lugar era similar aos domínios onde os antigos Vizjerei costumavam aprisionar e interrogar demônios.

Ignoro completamente o que aconteceu em relação à Pedra Negra das Almas. Será que os Horadrim a destruíram? Ou isso ficava além de suas habilidades, assim como no caso de Kell? Conhecendo o mago Ennead, ele provavelmente teria feito qualquer coisa para proteger sua obra-prima.

Minha mãe passou anos aprendendo a usar as runas de Kell. Era por isso que ela não podia fazer parte da minha vida. Ela cancelou os feitiços de Kell e usou sua magia como um meio de marcar os Males Inferiores e Supremos.

22º dia de Kathom 1285
Anno Kehjistani

Meu estudo da Pedra Negra das Almas usando os glifos de Zoltun Kull e outras anotações que encontrei em seus arquivos. — Léa

O cristal muda feito coisa viva... É astuto, manipulador. Quando estou descansada, seu tamanho diminui, instigando-me à complacência.

Quando estou cansada, prestes a sucumbir à exaustão, ele fica assustadoramente grande, esmagando o que resta de minha confiança.

Conclusões

Tendo revisado minhas anotações e compilado este manuscrito, preciso perguntar novamente: o que sei sobre Ádria? Estou muito relutante em admitir que responder a esta pergunta com qualquer certeza parece mais impossível do que nunca.

De um lado, descobri muitas coisas sobre o repugnante passado de Ádria. Essas provas mostram-na como uma pessoa de lealdade duvidosa. Em todos os aspectos, sua vida é definida por um fluxo contínuo e entre apego e abandono, lealdade e traição. Como exemplos disso, posso apenas olhar para suas relações com Sevrin e Maghda. O que entendo disso tudo é que Ádria só se preocupa com as pessoas ao seu redor enquanto lhe são úteis para seus desígnios misteriosos. A sede de conhecimento e poder determina cada faceta de seus relacionamentos.

Por outro lado, eu conheci Ádria pessoalmente e a considerei uma aliada corajosa e brilhante, apesar de não convencional. Em Velha Tristram, acreditei quando ela disse que sua grande missão era guerrear contra os Males do Inferno Ardente. Eu ainda diria que, de uma maneira bem significativa, ela me inspirou a seguir meu atual caminho.

Mas como posso conciliar minha experiência pessoal com o conhecimento de que ela já liderou o Culto, um grupo que existe para servir as mesmas forças que ela afirmava ser contra? Ah, se ao menos eu pudesse encontrar Ádria de novo e acalmar minha mente. Tenho tantas perguntas para ela. Talvez ela tenha uma explicação para esses capítulos perturbadores de seu passado.

No fundo, quero acreditar que ela superou os pensamentos sombrios que a levaram a entrar no Culto e, mais tarde, a liderá-lo junto com Maghda. Quero acreditar que essa busca estranha que ela iniciou há muitos anos e sua obsessão por Zoltun Kell sejam para o bem, não para o mal. É o que desejo para meu próprio bem, mas ainda mais pelo de Léa.

Esse desejo, contudo, provém de uma preocupação diferente. Ao conduzir minha pesquisa do Fim dos Dias, pensamentos sobre Ádria frequentemente me atormentavam. Não consigo entender a razão, por mais que tentasse. Por quê, enquanto tenho uma tarefa tão grandiosa e vital nas mãos, continuo a me preocupar por um único momento que seja com ela? É simplesmente porque Léa agora faz parte da minha vida ou Ádria ainda tem um papel obscuro a desempenhar nos eventos futuros?

A amarga verdade é que eu não sei e temo nunca saber.

Ela fez escolhas difíceis para lutar contra o mal. Deu tudo de si. Minha mãe traçou um caminho diferente do seu, tio. Não quer dizer que o caminho dela estava errado.

1º dia de Ostara de
1285 Anno Kehjistani

Sinto como se apenas alguns dias tivessem se passado desde que eu estava remexendo os livros do tio Deckard em Caldeum, mas sei que já faz muito mais tempo. O tempo está sangrando. Perdendo sua importância. Passo dias e noites enfurnada neste canto do Forte da Vigília.

Minha mãe diz que o nefalem e Tyrael derrotaram as forças de Azmodan. Quando chegamos aqui, o senhor demoníaco estava enviando todas as suas tropas ao forte — legiões investindo contra as muralhas, fazendo a grande fortaleza tremer até os ossos. Agora acabou. Se tudo continuar indo bem, logo aprisionaremos Azmodan na Pedra Negra das Almas com os outros Males.

Mas é tão difícil ter esperança. É difícil pensar em algo que não seja a pedra das almas. Os males... eles sabem que o fim está chegando. Eles estão ficando desesperados. Inquietos. A energia que irradia do cristal está mudando a maneira como vejo as coisas. Às vezes meu corpo parece se esticar em mil direções até que a dor me faz desmaiar. Outras vezes tenho a sensação de estar sendo esmagada, meu corpo sendo dobrado inúmeras vezes até que a escuridão me engole.

Minha mãe me diz para dormir, mas está cada vez mais difícil fazê-lo. Sempre sonho com Nova Tristram e o tio Deckard. Ele está sentado em sua escrivaninha, folheando seus livros. Ouço risadas vindo da janela de casa. Sinto o cheiro de bacon sendo preparado na taverna ao lado. Por um breve momento, tudo está de volta ao normal.

Então eu acordo. As risadas se tornam os gritos de morte dos soldados feridos na sala ao lado; o cheiro de bacon se torna o fedor dos corpos queimados nas muralhas.

A compreensão de tudo que perdi me pressiona até que não consigo me mexer. Mas minha mãe sabe como me trazer de volta do limite. Ela pega meu colar Horádrico e o coloca em minha mão. O toque do metal frio lembra que tenho que ser forte. Se eu falhar, todos os mortos em Nova Tristram, Caldeum e no Forte da Vigília terão perdido suas vidas por nada. Todos os anos que o tio Deckard sacrificou para impedir o Fim dos Dias terão sido desperdiçados.

Eu não desisti, tio. Estamos tão perto da vitória e devemos muito disso à minha mãe. Entendo por que o senhor desconfiou dela. Só gostaria que você estivesse aqui para ver o quanto ela está lutando — ver como ela é o que me mantém firme.

Quando eu vacilo, ela está ao meu lado, me segurando. Dizendo o quanto está orgulhosa de mim. O quanto sentiu minha falta todos esses anos. Falamos sobre as coisas que faremos quando a batalha acabar.

Ela pede para que eu me esforce um pouco mais para que os planos que temos feito se tornem realidade. Ela me promete que a dor logo acabará. Então começaremos nossa nova vida juntas.

—Léa

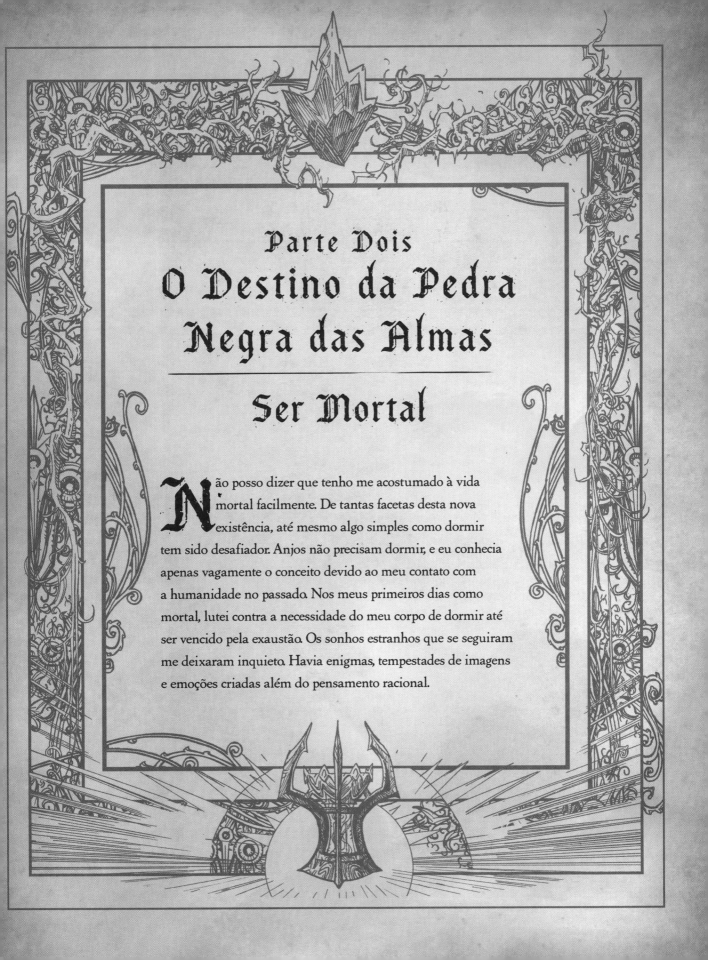

Parte Dois
O Destino da Pedra Negra das Almas

Ser Mortal

Não posso dizer que tenho me acostumado à vida mortal facilmente. De tantas facetas desta nova existência, até mesmo algo simples como dormir tem sido desafiador. Anjos não precisam dormir, e eu conhecia apenas vagamente o conceito devido ao meu contato com a humanidade no passado. Nos meus primeiros dias como mortal, lutei contra a necessidade do meu corpo de dormir até ser vencido pela exaustão. Os sonhos estranhos que se seguiram me deixaram inquieto. Havia enigmas, tempestades de imagens e emoções criadas além do pensamento racional.

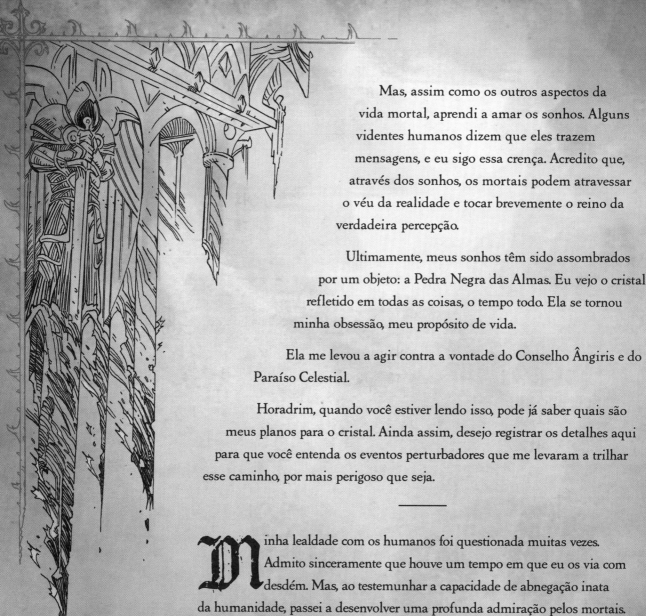

Mas, assim como os outros aspectos da vida mortal, aprendi a amar os sonhos. Alguns videntes humanos dizem que eles trazem mensagens, e eu sigo essa crença. Acredito que, através dos sonhos, os mortais podem atravessar o véu da realidade e tocar brevemente o reino da verdadeira percepção.

Ultimamente, meus sonhos têm sido assombrados por um objeto: a Pedra Negra das Almas. Eu vejo o cristal refletido em todas as coisas, o tempo todo. Ela se tornou minha obsessão, meu propósito de vida.

Ela me levou a agir contra a vontade do Conselho Ângiris e do Paraíso Celestial.

Horadrim, quando você estiver lendo isso, pode já saber quais são meus planos para o cristal. Ainda assim, desejo registrar os detalhes aqui para que você entenda os eventos perturbadores que me levaram a trilhar esse caminho, por mais perigoso que seja.

———

Minha lealdade com os humanos foi questionada muitas vezes. Admito sinceramente que houve um tempo em que eu os via com desdém. Mas, ao testemunhar a capacidade de abnegação inata da humanidade, passei a desenvolver uma profunda admiração pelos mortais. Quanto mais aprendia sobre eles, mais passava a ver a minha própria espécie com outros olhos. No fim, passei a enxergar um defeito devastador nos anjos.

Saiba a seguinte verdade sobre os habitantes celestiais: eles são imutáveis em sua devoção à ordem. Leis governam sua existência e guiam cada pensamento e ação deles. Apesar de isso conceder-lhes grande força e unidade, também limita sua capacidade de agir.

Esse defeito nunca foi mais evidente do que em meus debates com o Conselho Ângiris. Os arcanjos, Impérius, Auriel, Iterael, Maltael e eu, somos obrigados por lei a não interferir no reino mortal. Mas enquanto eu seguia essa regra de forma descompromissada, outros membros do conselho a seguiam sem questionar. Eles obedeceram mesmo quando os Males Supremos tentaram corromper a humanidade, ameaçando o equilíbrio do Conflito Eterno.

Quando eu interferi para impedir a catástrofe, os membros do conselho me castigaram por minha imprudência. Eles ignoraram meus alertas de que o Inferno Ardente em breve atacaria o mundo mortal. Eu me dei conta de como nossas preciosas leis se tornaram mais importantes para eles do que a verdade. Por mais que eu argumentasse, eles não conseguiam ser razoáveis.

Assumi a forma mortal voluntariamente, sacrificando minha essência angelical, em resposta à falta de atitude constante do Conselho. Ao fazê-lo, tinha esperança de ser um exemplo para o Paraíso, de provar que as leis podem ser mudadas por um bem maior.

Eu também sabia que, com o tempo, a humanidade alcançaria um poder incomensurável através de sua herança nefalem. Somente ao lado dos humanos eu poderia impedir a invasão iminente do Inferno e criar uma ligação entre o reino dos anjos e dos homens.

Olhando para o passado, vejo o quão despreparado eu estava para as realidades da existência mortal. Como arcanjo, observei e interagi com humanos durante séculos. Observei gerações inteiras nascerem e perecerem, estudando as forças que governavam suas vidas. Em um momento, cheguei a acreditar que havia aprendido tudo que se podia saber sobre ser um mortal.

Como eu estava enganado.

A traição de Ádria revelou a verdadeira dimensão de minha ignorância. No terraço destruído do Forte da Vigília, a bruxa se voltou contra nós. Ela usou a Pedra Negra das Almas potencializada pela energia dos sete Senhores do Inferno para transformar a própria filha em Diablo, o Mal Supremo.

Naquele momento, eu questionei tudo. Foi a fraqueza mortal que fez com que meus aliados e eu colocássemos tal fé cega em Ádria? Ao me aliar com a humanidade, teria eu iniciado o Fim dos Tempos, entregando todas as criaturas às garras do mal?

Minha mente se afogava em desespero enquanto Diablo caminhava pelo reino dos anjos, emanando ondas de fogo e escuridão que se abatiam sobre os céus do Paraíso. O grito de desespero dos anjos moribundos, dilacerados pelos tentáculos de sombra viva, me encheu de medo. Os surtos imprevisíveis e o poder das emoções humanas descontroladas, algo que eu nunca havia compreendido, me deixaram incapacitado.

Os anjos não se saíram muito melhor. O impossível estava acontecendo. Os grandiosos Portões Diamantinos que permaneceram inquebráveis durante todo o conflito eterno jaziam em ruínas. Assim como eu, muitos anjos aceitaram a derrota inevitável, apáticos e desesperançados.

Embora nós tenhamos nos rendido, meus aliados mortais seguiram em frente. Apenas eles tinham a coragem para destruir o Mal Supremo, expulsando-o do Arco Cristalino.

A euforia que senti após o ataque não durou muito. Meus companheiros mortais logo partiram, e eu fiquei para tentar encontrar meu lugar entre os anjos, sozinho. Comida e outras necessidades do mundo mortal não existiam no Paraíso. Pesadelos com as trevas opressivas que tinham alcançado o Paraíso atormentavam meus períodos de sono inquieto.

Lugares outrora familiares tornaram-se estranhos e sinistros. Em meu antigo domínio, a Corte da Justiça, eu era acossado por visões de cada anjo que morrera nas mãos do Mal Supremo. Os guardiões tombados me culpavam por suas mortes. Esmagado pela culpa, eu não tive a coragem de enfrentar seu julgamento.

E assim eu fugi.

A imensidão do próprio Paraíso me oprimia. Eu era apenas um mortal naquele reino imenso. Eu era insignificante e efêmero. Cada vez mais sentia falta da simplicidade de minha vida antiga como arcanjo, da existência intocada pelas limitações mortais.

Esse desejo chegou ao ápice durante o Cântico de Luz: a criação de novos anjos. As hostes celestiais se juntavam no Arco Cristalino, com suas essências afinadas com a construção monolítica da estrutura. Dessa harmonia perfeita, os anjos ganhavam a vida. Mas como mortal eu não podia participar da sinfonia sublime. Podia apenas observar o ritual angelical acontecer.

Eu era um estranho no único lugar que conhecia como lar.

Alienado e separado, eu me consolei nas memórias de Deckard Cain, de Léa e do nefalem. Busquei inspiração neles. Todos tiveram que lidar com a adversidade e a dúvida. Mas possuíam a maravilhosa habilidade mortal de moldar sua visão do mundo, descobrir esperança nos momentos
de desespero e criar coragem, mesmo em face do medo avassalador.

Eu conto isso a você, Horadrim, não por achar que meu entendimento supera o seu. Frequentemente é necessária a observação de alguém de fora para obter uma opinião embasada sobre nós. Mas posso transmitir a você esta nesga de sabedoria: saiba que a força verdadeira dos mortais vem do fato de que eles são forjados de partes iguais de luz e trevas. Dessa dualidade surge a tensão constante entre emoções opostas e contraditórias. Esse espectro cambiante de sensações é o que dá aos mortais sua liberdade e perspectiva únicas.

Em vez de fugir do súbito influxo de emoções contraditórias, eu as encarei. Adaptei-me a elas. Lentamente comecei a ver além das coisas que me perturbavam, comecei a vislumbrar a beleza do Paraíso com meus novos olhos mortais. Maravilhei-me com sua grandeza, com a maneira como cada reino, dos Salões da Bravura aos tranquilos Jardins da Esperança, afetava minha mente de forma distinta e profunda. Finalmente comecei a enxergar como os mortais.

Foi com essa nova perspectiva que primeiro notei um súbito escurecimento do reino dos anjos. Sombras obscureciam as torres e colunatas de cristal brilhante. Notas discordantes maculavam o coro radiante que sussurrava pelos céus do Paraíso.

No centro dessa desarmonia crescente, eu contemplei a Pedra Negra das Almas.

A Dissonância
do Conselho Ângiris

Após a derrota do Mal Supremo retomei meu trabalho junto ao Conselho Ângiris, onde antes eu fora um dos governantes do Paraíso como o Aspecto da Justiça. Agora, assumi o posto da Sabedoria, uma posição anteriormente mantida pelo arcanjo Maltael, que se perdeu. Em parte, assumir esse posto foi um ato deliberado. Acreditei que para garantir um novo amanhecer para homens e anjos as virtudes da sabedoria eram mais importantes do que as da justiça. Mas minha transformação também foi causada por outra coisa: um chamado sutil que emanou do Arco Cristalino, causando em mim uma vontade profunda de vestir o manto da Sabedoria.

Durante meu envolvimento com o Conselho, mantive discrição ao discutir sobre a Pedra Negra das Almas. O corpo do Mal Supremo foi destruído, mas o cristal permanecia intacto. O espírito da entidade continuava enjaulado na prisão encantada. Os anjos sob comando de Impérius rapidamente recuperaram o artefato profano e devolveram-no ao Conselho Ângiris.

Nunca antes os arcanjos tiveram tanto poder sobre os Senhores do Inferno Ardente. Nunca antes tiveram uma chance tão primorosa de expurgar o mal de toda a criação e acabar de vez com o Conflito Eterno.

Auriel propôs forjar uma câmara impenetrável de luz e som para encobrir o cristal por toda a eternidade. Impérius argumentou que a única ação correta seria estraçalhar a pedra, destruindo dessa forma o Mal Supremo, e lançar uma invasão final ao Inferno Ardente. Iterael permaneceu indeciso, ainda assombrado por sua inabilidade de prever o destino da humanidade em relação ao Mal Supremo e o ataque devastador ao Paraíso.

O Conselho estava dividido, sem conseguir eleger uma ação final. Foi durante uma dessas reuniões que comecei a perceber a influência da Pedra Negra das Almas sobre os arcanjos. O efeito não era de corrupção literalmente, mas o cristal possuía poderes inquietantes. Os anjos que o manipulavam por períodos prolongados eram inundados por visões de medo, ódio, destruição e outras emoções obscuras intrínsecas aos sete Males. Para os mortais, acredito que esses efeitos seriam ainda mais perigosos.

A mera presença da pedra das almas criava tensão entre os anjos, dando origem a um ciclo infinito de discussões acaloradas e discórdias. Que fique bem claro: é a harmonia que fortalece os anjos. A discórdia é uma doença mortal que se espalha a cada membro e órgão até matar o corpo inteiro. Dessa forma, as desavenças do Conselho se espalharam pelo Paraíso, criando um risco para todos que lá habitavam.

Eu avisei aos arcanjos sobre o efeito maléfico da Pedra das Almas, mas fui plenamente ignorado. Impérius viu minha apreensão como um sinal de covardia humana. Durante as reuniões do Conselho, ele passou a desprezar minhas sugestões. Continuou considerando minha a culpa pelo ataque tenebroso ao Paraíso. Também declarou que minha natureza mortal me tornava incapaz de dar prosseguimento ao legado de Maltael como Aspecto da Sabedoria.

O comportamento de Impérius me preocupava imensamente. Ver o Paraíso queimando ao seu redor, ver seus seguidores leais morrendo diante de seus olhos, tudo isso teve um impacto profundo no arcanjo. Por ser orgulhoso, ele nunca aceitou o fato de que mortais haviam salvado o Paraíso da destruição. Ele permitiu que a vergonha e o ódio se alimentassem um do outro, cegando-o para a razão.

Porém, havia uma ponta de verdade nas acusações dele. Apesar de eu ter assumido o papel de Sabedoria por vontade própria, não havia ainda aceitado plenamente meu chamado. Duvidoso de minha própria capacidade de estar à altura do legado de Maltael, eu me abstive de ter outros anjos sob meu comando. Evitei, inclusive, adentrar os domínios de meu antecessor, as Fontes da Sabedoria, e empunhar a fonte lendária de seu poder: Chalad'ar, o Cálice da Sabedoria.

Será que vislumbrar o artefato destruiria minha mente mortal? Ou será que não teria efeito algum? As possíveis consequências e o potencial desastre inundavam meus pensamentos.

Não acredito que essa fosse a vontade de Impérius, mas seus desafios constantes me obrigaram a encarar meus medos. Eu sabia que, enquanto o Conselho permanecesse em um impasse sobre a Pedra Negra das Almas, a dissonância dos arcanjos se espalharia como uma praga mortal. Somente evocando os poderes da Sabedoria eu poderia ter esperanças de resolver o dilema. Então, finalmente, adentrei as Fontes de Sabedoria e tomei Chalad'ar para mim.

Sabedoria

Nas longas eras desde que a luz e o som teceram o Paraíso Celestial, Maltael se manteve como o pilar da razão entre os arcanjos. Qualquer discordância que houvesse entre os membros do Conselho era resolvida por ele, criando harmonia perfeita a partir de nossas opiniões divergentes. Ele existia para buscar o significado de todas as coisas, a verdade universal.

Apesar de sua grande influência, Maltael nunca impôs forçosamente sua vontade sobre os outros arcanjos. Quieto e recluso, ele era um enigma por si próprio. Mesmo assim, grande parte das hostes celestiais reverenciava Maltael. Além dos membros do Conselho Ângiris, inúmeros anjos frequentavam as Fontes de Sabedoria para banharem-se na luz tranquila que permeava o local. Outros iam até lá para ouvirem os conselhos de Maltael.

Mas poucos eram agraciados com tal oportunidade. O arcanjo da Sabedoria raramente falava. Quando o fazia, o coro celestial silenciava por um breve momento e as palavras de Maltael ecoavam por todo o reino, sendo ouvidas por todos os anjos.

Quando a monolítica Pedra do Mundo desapareceu no passado distante, Maltael se dedicou a descobrir o mistério da localização do cristal. Mas a verdade se mostrou evasiva. O Aspecto da Sabedoria se tornou cada vez mais distante e recluso das atividades do Conselho. Esse comportamento não mudou, mesmo depois da descoberta da Pedra do Mundo oculta em Santuário. Maltael continuou buscando respostas para o significado desses eventos inesperados. Por décadas mortais ele permanecia sentado em silêncio e frustração, meditando e observando o fundo do cálice. O Aspecto da Sabedoria também tinha o hábito de desaparecer do Paraíso Celestial por períodos prolongados de tempo.

Depois de partir em uma dessas jornadas misteriosas, Maltael simplesmente nunca mais retornou.

Ninguém sabe onde ele está atualmente. O Conselho enviou alguns dos seguidores mais próximos de Maltael para procurá-lo, mas poucos retornaram. Os rumores dizem que ele caminha pelos salões fantasmagóricos da Fortaleza Pandemônio, mas eu nunca investiguei esses relatos pessoalmente. Qualquer que seja a verdade, o Conselho Ângiris e o Paraíso inteiro ficam incompletos sem Maltael.

Eu coloco esta informação aqui para que você entenda o impacto monumental de meu antecessor sobre o Paraíso. Minha preocupação era que, se eu falhasse em obter a mesma influência de Maltael, poderia acabar com a esperança de unir os anjos e os homens. Em grande parte, foi esse pensamento que me manteve afastado das Fontes de Sabedoria por tanto tempo.

Quando finalmente tive coragem de adentrar a antiga casa de Maltael, encontrei o lugar frio e desolado, como se existisse além do alcance da luz do Paraíso. Um estranho vácuo de som, um silêncio quase doloroso, permeava o local. Os lagos e fontes cristalinas que outrora cantavam com vida e luz estavam secos. Foi lá, no coração silencioso desse antigo reino glorioso, que encontrei Chalad'ar.

Como é para um mortal usar esse artefato de luz eterna?

Primeiro, é preciso saber que o cálice não foi criado para uma mente mortal. Até agora estou lutando para domar suas energias. Às vezes Chalad'ar acorda o poder profundo de minhas emoções humanas, levando-me a um estado de confusão, medo e raiva. Outras vezes um frio intenso cerca meu corpo, resfriando até os meus ossos. Sou paralisado pela inevitabilidade da minha mortalidade e da morte, que aguarda todas as coisas.

Mas Chalad'ar tem muitos efeitos positivos. Olhar para o cálice traz à mente um profundo senso de confiança, poder e euforia. Ele também quebra as barreiras da percepção, iluminando a conexão entre todas as emoções e ideias, a união de todas as coisas. Luz e escuridão, amor e ódio, vida e morte. Observar o cálice significa ver que essas coisas são, na verdade, diferentes facetas do mesmo cristal. Dessa forma, Chalad'ar permite que o observador entenda as situações com objetividade impecável.

Usá-lo confirmou um temor que me perseguia por muito tempo: se a Pedra Negra das Almas permanecesse sob os cuidados dos arcanjos, ela traria a destruição para o Paraíso e para o mundo mortal. A tarefa de vigiar o cristal não deveria ser do Conselho Ângiris. Deveria ser da humanidade. Somente os humanos possuíam a visão, a força de vontade e a perspectiva necessárias para carregar tal fardo.

Ao rever essa revelação, entregar a tarefa aos mortais parecia uma solução óbvia. Mas eu havia me escondido dessa verdade, desejando profundamente que o Conselho Ângiris tivesse a união necessária para proteger a pedra. Chalad'ar acabou com essa ilusão, forçando-me a encarar a verdade cruel, por mais dolorosa que fosse.

Esse é o preço da sabedoria.

Os Novos Horadrim

Eu repassei as visões que recebi de Chalad'ar ao Conselho Ângiris, mas ficou claro que os arcanjos nunca permitiriam que a humanidade dominasse a Pedra Negra das Almas. Por isso comecei a manter minhas ideias sobre o cristal em segredo.

Quanto aos guerreiros capazes de proteger o cristal, pensei em várias possibilidades: o nefalem que derrotou o Mal Supremo, os dedicados e pragmáticos sacerdotes de Rathma e os bárbaros das tribos que outrora protegeram o Monte Arreat com determinação inabalável. Mas meus pensamentos sempre se voltavam aos primeiros Horadrim.

Não vou detalhar a formação da ordem original ou suas batalhas contra os três Males Supremos. Deckard Cain e outros já escreveram bastante sobre o assunto. Porém, eu direi isto: o verdadeiro poder dos Horadrim estava em sua diversidade. Uma virtude que falta em muitas outras organizações mortais. Magos de culturas diferentes, algumas completamente hostis em relação a outras, compunham a ordem. Apesar das constantes discussões e brigas entre os membros, suas diferenças se mostraram sua maior arma. O sistema de crenças e a visão de mundo de cada um dos magos impediam a estagnação e permitiam que eles criassem soluções brilhantes para os desafios que enfrentavam.

Mas, à exceção de Deckard, os outros Horadrim deixaram de existir havia séculos. Forjar outra ordem seria uma tarefa desafiadora que eu não teria tempo de realizar. Afastei os Horadrim de minha mente até o momento em que me deparei com este texto, entre os escritos de Deckard:

Eles se denominam Os Primeiros.

Pelo que pude descobrir, um grupo de eruditos encontrou um arquivo antigo de textos horádricos na cidade de Géa Kul. Um homem chamado Garreth Rau, um literato versado nas artes mágicas, assumiu a liderança da ordem recém-criada. Ele e seus camaradas juraram manter os ensinamentos dos Horadrim.

Mais tarde, revelou-se que Rau foi dominado por Belial, o Senhor da Mentira. Não está claro quando isso aconteceu exatamente, mas o homem sucumbiu às profundezas da depravação, participando de todos os tipos de rituais sangrentos e de corrupção humana. Ele também tinha planos para Léa, devido a seu poder inato, e por isso nos atraiu para sua rede de intrigas.

Jered Cain, um dos líderes dos Horadrim originais.

Livro de Cain

Milagrosamente, nem todos Os Primeiros foram corrompidos como Rau. Alguns continuaram a manter a santidade da ordem mesmo durante esses eventos terríveis. Eles eram somente eruditos, mas ainda assim lutaram bravamente para destruir o domínio de Rau sobre Géa Kul e purificar o nome dos Horadrim dos feitos de seu líder desprezível.

Por isso, devo muito a eles. Tenho profundo respeito pelos Primeiros e dei a eles minha bênção para prosseguirem com o legado horádrico.

Nem mesmo em meus sonhos mais ousados imaginei que a ordem se ergueria novamente. Saber que eles estão pelo mundo defendendo os valores que o Arcanjo Tyrael concedeu aos primeiros Horadrim enche meu coração de alegria.

Se ao menos eu tivesse tempo de lutar ao lado deles... Quem sabe um dia.

Descobrir que a ordem ainda existia, apesar de ter uma forma diferente da antiga, revigorou minha vontade. Esses Primeiros criaram a fundação para uma gloriosa ordem Horádrica. Com o meu aconselhamento, sei que eles serão a chave para proteger a Pedra Negra das Almas.

Para fortalecer a ordem, decidi buscar mortais que tivessem talento com magia e outras disciplinas marciais. Não mencionarei seus nomes aqui, pois alguns escolherão não fazer parte desta empreitada perigosa. Saiba que não guardo rancor desses indivíduos. Ser um Horadrim é colocar a vida dos outros antes da sua. É perseguir o mal nos confins mais obscuros do mundo, sofrendo horrores que destruiriam mortais mais fracos. Poucos têm a coragem de atender ao chamado.

Eu estava confiante em minha decisão sobre os Horadrim, mas a dúvida sobre a capacidade da ordem de vigiar a Pedra Negra das Almas com segurança ainda me atormentava. Novamente, busquei as escrituras de Cain para obter respostas. Mergulhei em suas histórias sobre lugares secretos do mundo: a cidade perdida de Ureh, o Santuário Arcano e muitos outros. Olhei as profundezas de Chalad'ar para contemplar tudo que aprendi e buscar discernimento.

Ainda assim, continuo indeciso. Mas até o momento uma rede remota de catacumbas nefalem em Hespéria parece ser o lugar mais promissor. Eu incluí o tratado de Cain sobre a história da nação e suas runas antigas completas, caso esses detalhes sejam úteis no futuro.

Cajado de Deckard Cain

Máscara da Sabedoria de Tal Rasha

Retirado da obra de Deckard Cain

Rakkis e a Fundação de Hespéria

Prelúdio à conquista

Das muitas nações do mundo, Hespéria sempre foi a que mais me fascinou. Eu considero essa terra de portos encharcados pela chuva e pastos verdejantes um dos maiores reinos existentes, um fato que se torna ainda mais impressionante se considerarmos a idade relativamente jovem do lugar.

Mas é importante lembrar que a Hespéria dos tempos modernos é muito diferente do que era no momento de sua criação. É esse evento histórico, a fundação, que eu examino com detalhes aqui. Muitas das informações que se seguem foram obtidas de *Hespéria e os Filhos de Rakkis*, uma obra essencial sobre o passado da nação.

Vamos começar examinando brevemente os primórdios da Igreja Zakarum, pois a ascensão dessa famosa instituição ao poder está intrinsecamente ligada à fundação de Hespéria.

Quase três séculos atrás, o vasto império do Kehjistão estava em vias de revolução, afetado pela fome e pelas doenças. Revoltas violentas entre a plebe sofrida e a elite governante corrupta ocorriam diariamente. Em resumo, o clima estava indicando a chegada de uma rebelião das massas, em uma proporção que o Kehjistão nunca vira antes.

Foi nesse momento pouco propício que os Zakarum, uma ordem que até o momento existia às margens da sociedade, tiveram seu papel de destaque. A religião foi fundada seguindo os ensinamentos de Akarat, um homem que escreveu sobre a determinação pessoal, o poder e a Luz interior que existia em cada pessoa. Aparentemente, no estado de desigualdade e desolação do Kehjistão, os ensinamentos dos Zakarum se espalharam rapidamente. Os historiadores também atribuem o crescimento repentino à construção do Travincal, um complexo de templos enormes em Kurast.

Além disso, não me aprofundarei muito mais sobre a ascensão ao poder dos Zakarum. Será suficiente notar que durante as décadas seguintes a igreja ficou cada vez mais influente e logo se tornou um membro importante do espectro político.

Com medo desse poder crescente, os líderes do Kehjistão trabalharam para exterminar os Zakarum usando métodos violentos e perseguição. Mas as táticas brutais só serviram para empurrar ainda mais as massas desiludidas para os braços da igreja.

As escrituras dizem que um novo imperador chamado Tassara considerava fútil esse conflito com os Zakarum. Todos os relatos o descrevem como um político astuto e um mestre na administração do estado. Diferente dos imperadores anteriores, Tassara não viu os Zakarum como um obstáculo. Pelo contrário, viu neles um meio de fortalecer seu governo.

Em uma manobra que enfureceu a elite governante, Tassara se converteu à fé Zakarum. Ele declarou que essa seria a religião oficial do Kehjistão e moveu a capital do império da antiga cidade de Viz-jun para Kurast, onde ficava a sede da igreja. Com essa ação precisa, Tassara conquistou a admiração e, mais importante, a fidelidade inabalável das massas do Kehjistão.

Hespéria e os Filhos de Rakkis diz que a maior parte da nobreza seguiu a liderança de Tassara, mas alguns continuaram se opondo. Alguns nobres não desejavam partilhar o poder com a igreja. Eles uniram suas fortunas e recrutaram um exército mercenário formidável para derrubar Tassara e esmagar os Zakarum.

Este evento inesperado fez com que o imperador convocasse seu maior general e amigo de infância: Rakkis. Eu encontrei relatos conflitantes sobre a verdadeira origem dele. O que todas as histórias concordam, porém, é que Rakkis era um zeloso convertido de Zakarum conhecido por ter um semblante sério, por sua astúcia e ferocidade em combate. Durante a carreira militar, ele ganhou renome por defender o império de ameaças internas e externas.

A maioria dos relatos diz que os exércitos dos usurpadores eram consideravelmente mais numerosos do que o de Rakkis. Apesar da desvantagem, o general manobrou melhor do que os adversários todas as vezes. De fato, ele dividiu e conquistou os mercenários com velocidade e eficiência incríveis, sem perder nenhuma batalha.

As vitórias transformaram Rakkis em uma lenda. As massas provavelmente viram seu triunfo como um sinal da legitimidade e força de sua fé. Seja como for, quando Rakkis passava pela cidade, diz-se que pessoas de todas as idades se juntavam para ver o campeão. O general usou essa influência para expulsar governadores e magistrados que considerava ineptos, substituindo-os por arcebispos Zakarum fervorosos.

Com o tempo, Tassara ficou preocupado com a popularidade de Rakkis e tentou neutralizar a ameaça ao governo. Porém, o governador não recorreu à violência. Imagino que a decisão tenha sido em parte devido à amizade dele com Rakkis. Mas mais do que isso, Tassara sabia que eliminar o general voltaria o povo contra si.

Então, ele usou uma tática bem diferente. A oeste, do outro lado dos Mares Gêmeos, havia terras selvagens e indomadas, cercadas de mistérios. Tassara declarou que era dever do império conquistar aquele canto obscuro do mundo e iluminá-lo com a fé Zakarum, e que somente o zeloso Rakkis poderia fazê-lo.

Se o general falhasse, ele possivelmente perderia boa parte da popularidade. Se fosse bem-sucedido, Tassara colheria os benefícios e seria visto como o arquiteto desse novo e grandioso capítulo da história Zakarum. De qualquer forma, o imperador protegeria seu futuro.

Se Rakkis tinha conhecimento dos motivos obscuros de Tassara não se sabe, mas ele aceitou a tarefa sem hesitar. O imperador concedeu ao general quase um terço das forças militares do Kehjistão. As tropas incluíam muitos paladinos, guerreiros sagrados da Igreja Zakarum (conhecidos como Protetores da Palavra) que usavam o poder da Luz para punir os inimigos em batalha. Tassara também se esforçou bastante para que os aliados mais próximos de Rakkis fossem incluídos em sua campanha corajosa.

Diante de milhares de observadores admirados, o grande exército partiu em uma frota que, de acordo com um dos relatos, cobria a costa do Kehjistão até onde a vista alcançava.

Campanhas contra Ivgorod e os Bárbaros

Rakkis aportou em Lut Gholein, uma região antiga, já avisada sobre sua chegada. A fé Zakarum já estava entranhada na cidade, tendo chegado do Kehjistão com os comerciantes. As guildas mercantis que governavam Lut Gholein concordaram em fornecer provisões e soldados em troca de manterem a própria autonomia.

Foi fora da cidade, ao norte do deserto escaldante de Aranoch, que Rakkis encontrou as primeiras resistências. O reino de Ivgorod controlava uma vasta área agrícola, apesar de sua base de poder estar entranhada nas montanhas a noroeste do deserto. A cultura ancestral desse povo seguia uma religião politeísta totalmente diferente da fé Zakarum. Dessa forma, Ivgorod se opôs veementemente a Rakkis e suas crenças.

Nas dunas de Aranoch, os dois lados se embateram em uma série de enfrentamentos simples. As forças do Kehjistão, especialistas em batalhas em campo aberto, destruíram facilmente seus adversários, tomando o domínio das terras baixas de Ivgorod. De fato, a vitória foi tão esmagadora que o reino nunca retomaria os desertos.

De qualquer forma, Ivgorod continuou sendo um espinho no flanco de Rakkis quando suas forças subiram as montanhas Tamoe. Foi lá que os soldados do Kehjistão construíram a Fortaleza do Portão Leste, um posto avançado fortificado para protegê-los de contra-ataques do inimigo.

Hespéria e os Filhos de Rakkis fala pouco sobre essa parte da campanha, mas encontrei outros relatos que dão mais detalhes. Basta dizer que Rakkis encontrou resistência crescente nas montanhas. Diz-se até que Ivgorod atraiu intencionalmente as forças do Kehjistão mais para o norte, onde as florestas eram mais densas, e o terreno, mais escarpado, local mais propício para o estilo militar deles. Os líderes religiosos de Ivgorod também convocaram os monges, os maiores e mais venerados guerreiros da região, para atacar os invasores. Os combatentes incrivelmente disciplinados atacavam os soldados de Rakkis a todo momento, lançando emboscadas e empregando táticas de guerrilha com resultados devastadores.

Nesse momento, vimos o embate de duas crenças: paladinos treinados nos caminhos da Luz enfrentando monges que, ao que dizem, podem convocar os deuses da terra para ganhar poderes imensuráveis. Esse tipo de batalha nunca pôde ser testemunhado nos dias modernos.

Enquanto os exércitos do Kehjistão prosseguiam em sua expansão para o norte, eles encontraram a resistência furiosa das tribos bárbaras espalhadas no sopé do Monte Arreat. Posso apenas imaginar como deve ter sido para os soldados ordenados e disciplinados do Kehjistão enfrentar tais inimigos estranhos e selvagens, um povo adornado com pinturas corporais e urrando gritos de guerra enquanto seguia destemidamente para a batalha.

Rakkis nunca conseguiria conquistar os bárbaros ou Ivgorod. Apesar de as duas culturas terem sido profundamente afetadas pelas incursões do Kehjistão, elas resistiram.

Para ser breve, direi apenas que as terras de Entsteig e Khanduras cederam de bom grado às forças de Rakkis. Elas não possuíam sequer uma fração das forças militares de Ivgorod ou dos bárbaros. Tanto Entsteig quanto Khanduras aceitaram a fé Zakarum e, em troca, mantiveram boa parte de sua independência.

Mas foi no sul que Rakkis encontrou seu maior sucesso.

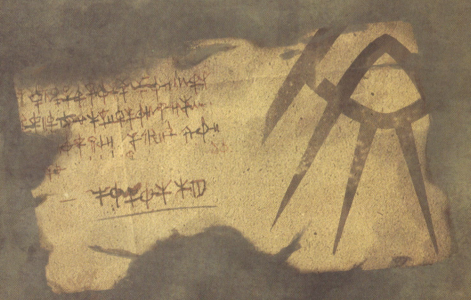

Um fragmento de uma carta de Rakkis que diz:
"... tribos do norte não cederão. Suprimentos terminando.
Solicito reforços de Lut Gholein
o mais rápido possível."

A Criação de Hespéria

Hespéria e os Filhos de Rakkis nos diz que o general juntou suas forças próximo do Forte do Portão Leste para se recuperar e ponderar sobre suas derrotas passadas. O moral estava baixo entre os soldados devido às campanhas malsucedidas contra Ivgorod e contra os bárbaros. Mas Rakkis não desistiria. Como muitos conquistadores da história, ele acreditava que a vitória era seu destino. Com discursos sobre a causa maior, sobre a ascensão grandiosa da fé deles, ele conseguiu levantar o ânimo dos soldados e partir para a próxima parte da campanha.

Nove clãs em guerra existiam ao redor da parte sul do que hoje é chamado de Golfo de Hespéria. Por gerações, esses povos hostis viviam em um estado de violência perpétua. A desunião foi o ponto fraco deles, e Rakkis se aproveitou disso. Ele sabia que lançar seus exércitos contra um dos clãs inevitavelmente os uniria em uma força imbatível. Em vez disso, Rakkis viveu entre eles. Aprendeu seus idiomas e suas culturas. Aprendeu sobre seus deuses. Enquanto isso, ele levou a fé Zakarum sutilmente a todos que desejavam ouvir.

Com um casamento, Rakkis criou um vínculo de sangue com o terceiro maior clã da região, Ortal. Ele usou sua nova posição como alavanca para trazer quatro dos clãs menores para o seu estandarte.

Rakkis então lançou suas forças combinadas em um ataque contra o maior e mais agressivo clã, Hathlan. É difícil para mim conceber a natureza terrível das batalhas que se seguiram. Fontes dizem que o banho de sangue transformou os campos verdejantes em pântanos. O cheiro de corpos apodrecidos foi levado até Khanduras.

Na Batalha do Rio Dyre, as forças do Kehjistão acabaram com os restos do exército Hathlan e mataram seu líder. O clã, além dos outros três que não quiseram apoiar nenhum lado, rapidamente se submeteu ao governo de Rakkis. O povo do golfo, depois de testemunhar a supremacia do general, o declarou único e verdadeiro rei.

Mas ao mesmo tempo que Rakkis assumia o domínio de seus novos súditos, ele os inspirava com o discurso da Luz interior da humanidade. Foram sua força e convicção inabalável que verdadeiramente uniram os povos inimigos e os transformaram em um reino único e orgulhoso.

Para honrar sua longa e árdua campanha para espalhar a fé do distante Kehjistão, Rakkis batizou a região de Hespéria. Suas fronteiras se expandiam do golfo até o Grande Oceano. Quanto à capital (que viria a compartilhar o mesmo nome do reino), Rakkis ordenou a construção de uma cidade com um porto. Os anos que se seguiram viram o florescer de Hespéria. Novas estradas, cidades e infraestrutura surgiram em toda a região. Devido ao acesso ao mar, a nação se tornou rapidamente um poder naval e mercantil.

Rakkis governava com mão firme porém justa, colhendo os frutos da admiração de seu povo. Anos após a fundação de sua nação, ele lançaria novos ataques contra os bárbaros, mas sem nunca conseguir grandes avanços contra as furiosas tribos do norte. Diz-se que Rakkis morreu em paz, com mais de cem anos. Seu legado continuou muito depois de sua morte. De fato, a posição de Hespéria atualmente no mundo é prova da dedicação e sabedoria empregada por ele na construção da nação.

As Ruínas Perdidas de Hespéria

É importante ressaltar aqui por que Rakkis se assentou em Hespéria, em vez de Khanduras ou Entsteig. Os historiadores têm muitas teorias sobre isso, como o desejo de distanciar seus territórios das tribos bárbaras. Porém, a teoria que acho mais intrigante é a que trata das ruínas de uma cidade sob os pântanos de Hespéria.

Em algum momento após sua campanha contra os povos do golfo, Rakkis se deparou com esse local. Talvez para ele as ruínas fossem um objeto de lenda: estruturas misteriosas que desbancavam o trabalho até dos arquitetos mais brilhantes do Kehjistão. Acredito que Rakkis via esse lugar como os restos do passado perdido da humanidade, um tempo em que os humanos fulguravam com a Luz interior. Mas isso é apenas especulação da minha parte. Outros relatos dizem que Rakkis sabia da existência dessa cidade ancestral antes mesmo de partir do Kehjistão, mas eu não sei como isso seria possível.

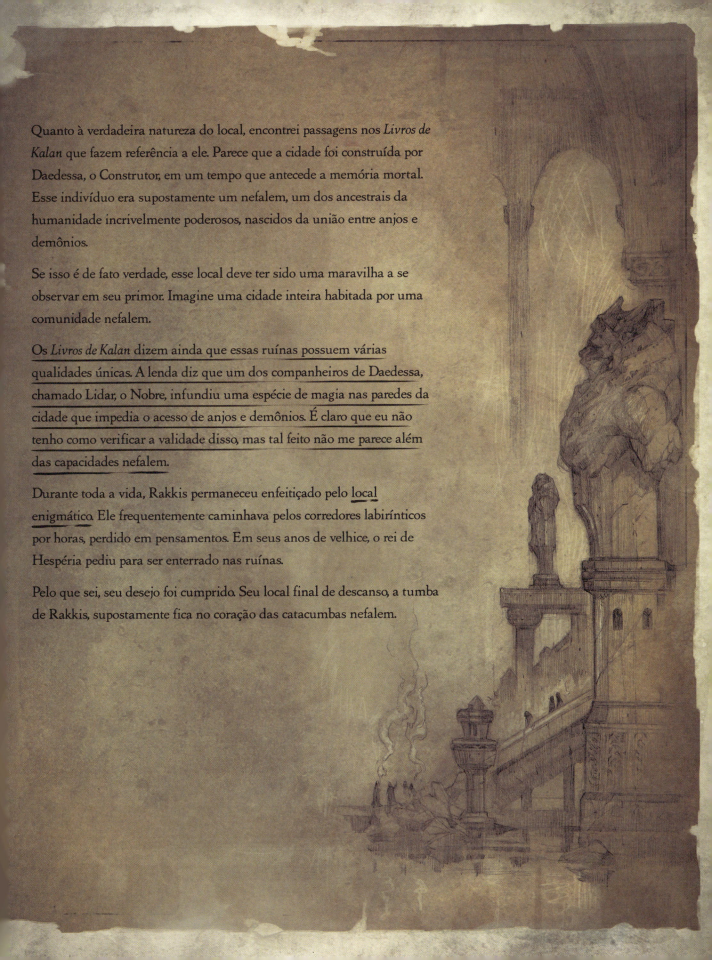

Quanto à verdadeira natureza do local, encontrei passagens nos *Livros de Kalan* que fazem referência a ele. Parece que a cidade foi construída por Daedessa, o Construtor, em um tempo que antecede a memória mortal. Esse indivíduo era supostamente um nefalem, um dos ancestrais da humanidade incrivelmente poderosos, nascidos da união entre anjos e demônios.

Se isso é de fato verdade, esse local deve ter sido uma maravilha a se observar em seu primor. Imagine uma cidade inteira habitada por uma comunidade nefalem.

Os *Livros de Kalan* dizem ainda que essas ruínas possuem várias qualidades únicas. A lenda diz que um dos companheiros de Daedessa, chamado Lidar, o Nobre, infundiu uma espécie de magia nas paredes da cidade que impedia o acesso de anjos e demônios. É claro que eu não tenho como verificar a validade disso, mas tal feito não me parece além das capacidades nefalem.

Durante toda a vida, Rakkis permaneceu enfeitiçado pelo local enigmático. Ele frequentemente caminhava pelos corredores labirínticos por horas, perdido em pensamentos. Em seus anos de velhice, o rei de Hespéria pediu para ser enterrado nas ruínas.

Pelo que sei, seu desejo foi cumprido. Seu local final de descanso, a tumba de Rakkis, supostamente fica no coração das catacumbas nefalem.

Cruzados

Como um adendo a história de Hespéria, acho prudente falar de uma campanha separada lançada em nome da fé Zakarum. Enquanto Rakkis foi para oeste para conquistar, um outro exército partiu para leste com motivações totalmente diferentes.

As seguintes informações vêm de várias fontes distintas (e às vezes contraditórias). Porém, tenho certeza de que a maioria dos detalhes aqui descritos ocorreram de fato.

Na mesma época em que Rakkis começou sua marcha histórica, um clérigo Zakarum começou a ficar perturbado pelo que percebeu como uma sutil corrupção da igreja. Esse homem, chamado Akkhan, acreditava que os fiéis haviam se afastado perigosamente dos mandamentos de Akarat.

O que era essa "corrupção" que ele percebera? Só posso imaginar que fosse algo relacionado à Pedra Safira das Almas, o cristal encantado que continha Mefisto, o Senhor do Ódio. Por um pedido dos Horadrim, os Zakarum receberam esse artefato vil e juraram protegê-lo. Eles permaneceram fiéis ao juramento, mas a influência de Mefisto começou a se espalhar pelas mentes e corações dos líderes espirituais da igreja.

Se o clérigo sabia ou não da fonte verdadeira da corrupção, não se pode afirmar. Independentemente disso, Akkhan agiu para impedir a destruição de sua fé. Eu copiei o texto que se segue dos pergaminhos de Sarjuq, um escrito raro sobre a história dos Zakarum:

> *Akkhan procurou em todos os cantos por guerreiros de poder incomparável, por fiéis que queimassem com uma Luz interior que fosse tão forte a ponto de cegar os que os vissem. Ele transformou esses homens e mulheres, destinados a se unirem a ele, em cruzados.*

Diz-se que o clérigo deu a esses cruzados uma tarefa quase impossível: varrer as terras ao leste e encontrar um meio, qualquer que fosse sua manifestação, de purificar a fé Zakarum.

O Livro de Cain explora em detalhes o período em que os Zakarum assumiram a custódia da pedra das almas de Mefisto.

É importante notar que os membros dessa ordem não eram paladinos. Akkhan evitou especificamente convocar os paladinos, pois os via como produtos dos caminhos errados da igreja. Não, os cruzados eram uma espécie diferente de guerreiros sagrados. Astutos e resistentes, eles eram treinados para controlar poderes diferentes de tudo que existiu antes.

Após preparações rigorosas, os cruzados se espalharam pelo leste, cada um seguindo um caminho separado. Eles viviam da terra, nunca permanecendo no mesmo lugar por mais tempo do que o necessário. Desenvolveram símbolos e gestos secretos para se comunicarem com outros cruzados que, por acaso, cruzassem seu caminho. Cada relato que encontro sobre esses indivíduos os retrata com um ar de mistério.

Mas aqui há uma coisa intrigante. Ouvi também alguns contos que dizem que os cruzados não faziam nenhum esforço para mascarar sua presença. Há rumores inclusive de que eles falavam abertamente sobre a missão sagrada a qualquer um que ousasse perguntar.

Sobre a sucessão dos cruzados, parece que cada um escolhe um único noviço para treinar e aconselhar nos caminhos da cruzada. Esses indivíduos, recrutados da população local, eram escolhidos levando em conta vários fatores, como a afinidade inata com os ensinamentos de Akarat.

Vale mencionar que tornar-se membro da ordem exige sacrifícios. Iniciados eram ordenados a expurgar todos os vestígios da vida pregressa. Quando seu mentor perecia, os acólitos assumiam a identidade do mestre, usando sua armadura, arma e nome. Só então os iniciados assumiam o posto de cruzados.

Sobre a missão da ordem, tenho pouquíssimos detalhes, infelizmente. Parece que alguns cruzados investigaram lendas de escrituras Zakarum antigas e relíquias sagradas de outras eras. Outros eram impelidos por histórias sobre crianças nascidas com a Luz interior tão pura que poderiam limpar a fé da doença que a afligia. Mas não encontrei nenhuma evidência definitiva de que algum dos cruzados realmente descobriu um meio de completar a missão.

O que sei é que os cruzados exauriram a maioria (se não todas) das pistas promissoras do leste. Mais de dois séculos depois do início da busca, membros da ordem começaram a retornar ao Kehjistão. Seus nomes, crenças e missão sagrada eram os mesmos, mas eles eram pessoas diferentes, nascidos em culturas rústicas do fim do mundo conhecido.

É trágico (ou talvez oportuno) que tenham retornado ao Kehjistão neste momento. A igreja Zakarum já sucumbiu à corrupção demoníaca. Travincal e a cidade de Kurast se transformaram em um caldeirão de bandidagem e sofrimento.

Essa parece ser exatamente a situação sobre a qual Akkhan havia alertado. Para os cruzados, eu imagino que ver a condição sofrível da fé Zakarum sirva para reforçar ainda mais seu senso de propósito.

Pelo que sei, os cruzados restantes estão voltando seus olhares para as terras inexploradas do oeste para continuar a busca com ainda mais vontade.

Vários cruzados na região

Bastante comida e abrigo aqui

Perigos à frente

Túmulo de um cruzado

Túmulo de um cruzado rebelde

Parte Três
Miscelânea

O que se segue foi extraído dos escritos de Deckard Cain. São documentos que contemplam uma ampla gama de informações, da história mortal aos mais poderosos habitantes deste mundo. Atenção, Horadrim, pois mesmo os detalhes menos pretensiosos poderão ser úteis nos dias que virão. A sabedoria é uma das maiores armas da ordem. Empunhe-a com zelo.

Linha do tempo de Santuário

No ápice do poder Zakarum, a igreja reuniu um verdadeiro exército de eruditos para documentar a história do mundo à medida que ela se desdobrava diante de seus olhos. Usei esse trabalho seminal como esqueleto para a minha própria linha do tempo, corrigindo erros, removendo datas e fazendo acréscimos (como a pré-história infraescrita). Lembre-se, caro leitor, que este é um brevíssimo relance da história, nada além de uma ferramenta para compreender de onde viemos e para onde as trilhas emaranhadas da sorte e do destino podem nos levar no futuro.

Pré-história

O conseguinte é baseado em escritos apócrifos de sábios e loucos. Depois de longa consideração e escrutínio, sinto que tais relatos fornecem uma representação precisa de épocas além do alcance da memória mortal.

Anu e o Dragão

Antes do início do tempo, antes que o universo existisse como o conhecemos, havia apenas Anu, o Uno, uma entidade cristalina e indivisível que continha todas as coisas, inclusive o bem e o mal. Em busca de uma essência harmônica, Anu expeliu todos os aspectos dissonantes e sombrios de si. Aglutinadas, as impurezas formaram a encarnação do mal: Tathamet, o dragão de sete cabeças.

No útero da realidade, Anu e Tathamet travaram uma batalha tão monumental que a trama da criação se distendeu. O golpe final desferido por ambos gerou uma explosão incrível, um cataclismo tão violento que destruiu os dois seres e fez nascer o universo físico. Esse evento é algo que, temo, jamais será verdadeiramente compreendido pela mente mortal.

Como resultado, a explosão acarretou uma cicatriz eterna nominada Pandemônio. No centro desse estranho reino, jazia a Pedra do Mundo, um cristal monolítico conhecido como o Olho de Anu.

O Paraíso Celestial e o Inferno Ardente

A espinha fragmentada de Anu espraiou-se pelo universo ainda infante. Uma porção dos restos do Uno deu origem ao Arco Cristalino; à sua volta, formou-se o Paraíso Celestial. O próprio Arco emanava vida, concebendo pulsos de energia sencientes chamados anjos. As manifestações dos aspectos mais puros de Anu — os arcanjos — formaram o Conselho Ângiris para governar as reluzentes expansões do Paraíso. Os membros desse corpo governante são:

Impérius, o Aspecto da Bravura

Tyrael, o Aspecto da Justiça

Auriel, o Aspecto da Esperança

Maltael, o Aspecto da Sabedoria

Iterael, o Aspecto do Destino

O cadáver ressequido de Tathamet vagou pelos recônditos mais sombrios da realidade. De seu corpo, manifestou-se o Inferno Ardente. Demônios, em todas as suas formas, nasceram da carne pútrida do Dragão. As sete cabeças de Tathamet originaram os sete Males:

OS MALES SUPREMOS	*OS MALES INFERIORES*
Mefisto, o Senhor do Ódio	*Azmodan, o Senhor do Pecado*
Baal, o Senhor da Destruição	*Belial, o Senhor da Mentira*
Diablo, o Senhor do Medo	*Duriel, o Senhor da Agonia*
	Andariel, a Senhora do Tormento

Tem início o Conflito Eterno

Desde o princípio da existência, o Paraíso Celestial e o Inferno Ardente digladiaram-se no Conflito Eterno, uma guerra apocalíptica pelo domínio de toda a criação. Apesar de a batalha ter inflamado e arrefecido ao longo dos milênios, a guerra jamais conheceu fim.

É preciso compreender que tanto o Paraíso Celestial quanto o Inferno Ardente ansiavam pelo controle total da Pedra do Mundo, um miraculoso artefato que concedia a anjos e demônios o poder de forjar mundos à sua imagem. Assim, a maior parte do Conflito Eterno teve lugar no coração tortuoso de Pandemônio. Dizem que o cristal mudou inúmeras vezes de mãos ao longo de éons de batalha.

A criação de Santuário

Com o passar das eras, um anjo chamado Inárius desiludia-se mais e mais com o Conflito Eterno. Em verdade, ele via a própria guerra como uma injustiça. Assim, reuniu anjos e, inacreditavelmente, demônios que pensavam como ele. Inárius, então, alterou a frequência da Pedra do Mundo, atirando o cristal numa realidade paralela e lançando sobre ele um véu para ocultá-lo do Paraíso e do Inferno. Lá, anjos e demônios renegados criaram Santuário, um mundo paradisíaco e maravilhoso onde poderiam despender em paz a eternidade.

Nascimento dos nefalem

Num ato absolutamente sem precedentes, anjos e demônios conjugaram-se e geraram rebentos que foram nominados nefalem. Nascidos da luz e da escuridão, esses seres tinham potencial para superar até mesmo seus progenitores em poder. Na verdade, os nefalem eram tão poderosos que Inárius e seus companheiros temiam que pudessem perturbar o equilíbrio do Conflito Eterno e semear o caos pelo universo.

Assim, anjos e demônios debateram o destino de seus amados filhos. Alguns deles (a certa altura até mesmo Inárius) consideraram exterminar os nefalem.

O expurgo

A demoníaca Lilith, consorte de Inárius, aterrorizou-se com o pensamento de perder sua prole. Tomada por uma fúria incontrolável, ela caçou os outros renegados e destruiu um a um. Somente Inárius e os nefalem foram salvos de sua fúria assustadora.

Chocado com as ações de Lilith, Inárius baniu a companheira de Santuário. Os inocentes nefalem, todavia, ele não foi capaz de ferir. Alterando a Pedra do Mundo, os poderes de seus descendentes diminuiriam ao longo do tempo. Diz a lenda que, depois disso, Inárius embrenhou-se nas terras selvagens de Santuário e desapareceu por milênios.

Ninguém sabe quanto tempo se passou após tais eventos. Podemos supor que gerações de nefalem viveram e morreram. Com os poderes minguando e as vidas encurtadas, eles por fim tornaram-se mortais, completamente ignorantes de sua incrível herança.

Registros Históricos

Por volta de — 2300 Anno Kehjistani — A Aurora da Civilização

Tabuletas, fragmentos de cerâmica e outros artefatos indicam que a escrita, a arte e a civilização tinham se tornado parte integral da cultura da humanidade. A maior parte dos pesquisadores, entre os quais me incluo, concorda que essa data marca o início da primeira grande civilização humana. Esse reino se chamava Kehjan (o moderno Kehjistão).

Por volta de — 2200 Anno Kehjistani — Formação dos Clãs dos magos

Os registros mostram que as culturas ao redor de Kehjan formalizaram o estudo das ciências arcanas. Por sua vez isso levou à formação e crescimento de numerosos clãs de magos.

Quantos desses clãs existiam ainda é um mistério, mas devemos mencionar que os Vizjerei teriam o maior impacto na história nos séculos que se seguiriam. A escola de pensamento desse clã era centrada nas artes de conjuração, evocação e comunhão com os espíritos.

Por volta de — 2100 Anno Kehjistani — Ascensão dos Clãs de Magos

Os clãs de magos, cada vez mais poderosos, tornaram-se parte integral do governo de Kehjan. Uma organização composta pelos membros dos clãs principais — o Al'Raqish, ou Conselho dos Magos — foi formado para governar junto da monarquia e das guildas comerciais.

— 1992 Anno Kehjistani — Santuário Revelado

Frustrado e enfurecido pela perda da família, um obscuro feiticeiro Vizjerei chamado Jere Harash evocou o primeiro demônio para Santuário Seus companheiros do clã de magos logo aperfeiçoaram essa arte negra, estabelecendo a demonologia e a escravização dos lacaios do Inferno como base de seu poder.

O mais importante, no entanto, é que a ação de Harash alertou o Inferno Ardente para a existência de Santuário. Foi nesse terrível momento que os Males Supremos conheceram a humanidade e perceberam o seu potencial como arma a ser empregada contra o Paraíso. A partir de então, os Senhores do Inferno Ardente começaram a formular um plano maligno para corromper a humanidade.

Lembre-se bem desta data, caro leitor. Praticamente tudo o que aconteceu depois é em alguma medida consequência da evocação irresponsável de Harash.

— 1880 Anno Kehjistani — O Templo do Triuno

A influência dos Males Supremos se alastrou nas terras de Kehjan por meio de uma organização aparentemente nobre: o Templo do Triuno. Esse culto se baseava na adoração a três divindades benévolas (que eram, na verdade, os três Males Supremos usando disfarces sutis). O Triuno postulava que por meio de adoração e devoção altruísta as divindades maravilhosas poderiam melhorar a vida no mundo mortal. Com o tempo, o número de aderentes dessa religião aumentou.

— 1820 Anno Kehjistani —
O Profeta Velado e a Catedral da Luz

Inárius, assumindo a identidade de um indivíduo chamado o Profeta, surgiu para combater a influência cada vez mais forte do Triuno. Para isso ele criou um culto paralelo denominado Catedral da Luz. Essa religião foi fundada sobre as diretrizes da tolerância, cooperação e unidade.

Com o tempo, tanto a Catedral da Luz quanto o Triuno conquistaram imensa influência sobre as pessoas de Kehjan.

— 1809 Anno Kehjistani — A Guerra do Pecado

Uma luta ideológica entre os seguidores do Triuno e da Catedral da Luz irrompeu, polarizando a sociedade de Kehjan. Assim começou o que chamamos de Guerra do Pecado.

Entenda que não se tratava de uma mera disputa religiosa. Todo o conflito foi uma guerra oculta entre os Males Supremos e Inárius, tendo como alvo as almas da humanidade.

Sem que os males supremos ou Inarius soubessem, a demonesa Lilith havia retornado a Santuário para proteger seus filhos do Triuno e da Catedral da Luz. Ela despertou os poderes nefalem em um homem chamado Uldyssian ul-Diomed, que por sua vez fez o mesmo por outros humanos. Esses indivíduos — chamados "edyrem" — combateram o Triuno e a Catedral da Luz, pois viam nessas duas organizações a origem da discórdia em Kehjan.

Essas batalhas foram catastróficas, atraindo exércitos do Inferno Ardente e do Paraíso Celestial para o mundo mortal. Uldyssian liberou toda a fúria de seu poder, rechaçando os exércitos invasores de anjos e demônios. Mas ao fazer isso ele compreendeu que as energias nefalem não dominadas ameaçavam destruir o mundo. Assim ele sacrificou a vida para re-harmonizar a Pedra do Mundo, livrando dessa forma os humanos de seus poderes nefalem latentes.

É crucial observar que o Paraíso deliberou sobre o destino da humanidade. O voto final, lançado pelo arcanjo Tyrael, foi o que nos poupou do extermínio. Depois disso, os anjos fizeram uma trégua improvável com os Senhores do Inferno. Em resumo, ambos os lados concordaram em não interferir mais com as vidas dos humanos.

As memórias dos edyrem foram apagadas, e mentiras foram inventadas para esconder a verdade sobre os nefalem, anjos e demônios do resto da humanidade. Mas alguns ainda se lembravam da era sombria da Guerra do Pecado. Por meio de suas histórias, passadas de geração a geração, nós conhecemos a verdade sobre esse conflito catastrófico.

E quanto a Lilith? Durante a guerra, Inárius a baniu outra vez de Santuário. Eu não vi evidências de seu retorno. Quanto a Inárius, os anjos o entregaram aos Males Supremos como parte do pacto entre o Paraíso e o Inferno. Diz-se que ele sofreu tormentos eternos desde então.

— 1799 Anno Kehjistani — A Era Dourada da Magia

Acreditando que a Guerra do Pecado era apenas um conflito entre diferentes tipos de fé, a maioria da população de Kehjan se afastou da religião. De fato, as pessoas chegaram a rebatizar Kehjan como Kehjistão para se distanciar do terrível conflito.

Cada vez mais as pessoas procuravam os clãs de magos para obter orientação, pois eles sempre haviam colocado a razão e a pesquisa prática acima de todo o resto. Uma era dourada de magia e esclarecimento se seguiu, uma era de maravilhas as quais o mundo jamais testemunhara.

Certos membros dos clãs ainda conheciam a verdade por trás da Guerra do Pecado, e foram estabelecidas regras e normas que proibiam peremptoriamente a arte da demonologia.

— 264 Anno Kehjistani — Prelúdio às Guerras dos Clãs de Magos

Essa era dourada desvaneceu quando os outros clãs de magos fizeram uma descoberta sinistra: os feiticeiros Vizjerei continuavam com a prática da demonologia, que fora proibida. Essa revelação gerou uma série de assassinatos acobertados e uma era de intriga política, cujo objetivo era destituir os Vizjerei de seu poder. Essas intrigas aos poucos corroeram a estrutura de poder dos clãs de magos.

— 210 Anno Kehjistani — As Guerras dos Clãs de Magos

Ao incremento das hostilidades entre magos seguiu-se o derramamento de sangue nas ruas das maiores cidades do Kehjistão. Esse movimento violento irrompeu em uma guerra total que colocou os Vizjerei contra os clãs rivais. Dizem que batalhas espetaculares eclodiram por todo o reino. Os magos mais poderosos daquela era usaram toda a extensão de seus poderes uns contra os outros.

— 203 Anno Kehjistani — Bartuc e Horazon

Levados à beira da aniquilação pelos outros clãs, os Vizjerei utilizaram sua última e mais desesperada arma: os demônios. Usando as forças dos lacaios do Inferno, os feiticeiros dizimaram seus inimigos, expulsando-os das muralhas de Viz-jun, a capital ancestral do império.

Foi então que houve um desastre. O Conselho Supremo dos Vizjerei dispensou Bartuc, um de seus membros mais formidáveis, por atos depravados. Esse indivíduo infame, também conhecido como Senhor da Guerra Sangrenta, voltou-se contra o próprio clã e deu início a uma guerra civil.

Uma terrível batalha ocorreu então entre as metades partidas do clã Vizjerei nos portões de Viz-jun. Horazon, o irmão de Bartuc, surgiu para eliminar seu irmão cruel. Embora ele conseguisse derrotar o Senhor da Guerra Sangrenta, o custo foi inimaginável. A batalha reduziu a capital a ruínas fumegantes, matando dezenas de milhares no processo.

Assim terminou esse conflito sombrio e terrível. Assim terminou o reinado dos clãs de magos. Esfacelados pelas guerras, eles nunca mais se alçariam ao mesmo patamar de poder e glória.

0 Anno Kehjistani — Akarat e a Fé Zakarum

A morte e o sofrimento terrível causados pela Guerra dos Clãs de Magos fizeram com que a humanidade se afastasse das ciências arcanas e uma vez mais explorasse a fé e a religião como fonte de sentido e propósito para a existência. Algumas figuras religiosas surgiram durante essa era, mas uma em particular merece atenção: Akarat.

Nas montanhas de Xiansai, esse cético errante teve visões do que ele afirmou ser o anjo Yaerius. A partir desse encontro Akarat formulou suas ideias sobre a Luz interior que existe em todos os humanos. Ele dizia que todos os homens e mulheres estão unidos em um espectro de luz cósmica que é o alicerce da própria existência.

As ideias dele formaram as diretrizes principais do que se tornaria a fé dos Zakarum. Akarat espalhou seus ensinamentos e recebeu o apoio de um pequeno grupo de seguidores, mas sua filosofia ainda ficaria relegada à obscuridade pelo próximo milênio.

964 Anno Kehjistani — O Exílio Sombrio

Acreditando que os Males Supremos haviam abandonado o Conflito Eterno, preferindo corromper a humanidade, os Males Inferiores lutaram uma guerra catastrófica contra seus superiores. A rebelião, liderada por Azmodan e Belial, fez tremer o Inferno Ardente. Após uma violenta sequência de combates, os usurpadores baniram os Males Supremos para Santuário.

Eu frequentemente me pergunto como Diablo e seus irmãos reagiram ao chegar ao reino mortal. É perfeitamente possível que, por algum tempo, eles tenham amaldiçoado seu destino. No entanto, creio que os Males Supremos rapidamente perceberam que seu exílio lhes dava uma chance inesperada e fortuita de corromper os corações da humanidade. E assim eles começaram a voltar irmão contra irmão e nação contra nação, fomentando a discórdia por todo o Kehjistão.

1004 Anno Kehjistani — A Caça aos Três

Após observar secretamente o mundo mortal por séculos, o arcanjo Tyrael soube sobre os Males Supremos e seus planos. Compreenda, caro leitor, que ele não se opôs diretamente aos demônios, pois temia que suas ações alertariam o Paraíso sobre o que estava se passando em Santuário. Tyrael sabia que se isso acontecesse os anjos provavelmente decidiriam exterminar a humanidade de uma vez por todas. E assim, Tyrael criou os Horadrim para servir como seus instrumentos no mundo mortal, uma ordem secreta composta de membros de vários clãs de magos.

Tyrael concedeu aos Horadrim três pedras das almas cristalinas (supostamente arrancadas da própria Pedra do Mundo). Ele confiou uma missão perigosa aos grandes magos: caçar os Males Supremos e aprisioná-los dentro das pedras das almas.

Primeiro, os magos capturaram Mefisto em um dos centros urbanos populosos do Kehjistão. A Pedra das Almas Safira, contendo o demônio, foi entregue à humilde ordem dos Zakarum para que a protegessem.

Então, os Horadrim acossaram Baal e Diablo, perseguindo-os pelos Mares Gêmeos até as terras ocidentais. Nos desertos de Aranoch, eles enfrentaram o Senhor da Destruição. Embora os magos obtivessem a vitória, a Pedra das Almas Âmbar de Baal se estilhaçou.

Tal Rasha, o líder da ordem, usou o próprio corpo para conter a essência feroz do Senhor da Destruição. E assim, com o coração confrangido, os Horadrim trancafiaram seu nobre líder em uma tumba subterrânea.

Após essa tragédia, Jered Cain assumiu a liderança dos magos feridos e maltratados. Juntos, os Horadrim partiram para aprisionar o último dos Males Supremos: Diablo.

1017 Anno Kehjistani — A Construção de Travincal

Os Zakarum começaram a construir Travincal, um templo fortificado em Kurast, que serviria para abrigar a pedra das almas de Mefisto. Devido às dimensões do projeto, a ordem tornou-se conhecida subitamente, e houve um grande interesse pelos ensinamentos Zakarum. De fato, em apenas alguns meses, centenas de refugiados do Kehjistão afluíram para Travincal para ajudar na construção. E dizem que o trabalho foi completado em apenas um ano.

Em retrospecto é fácil perceber por que houve um interesse tão súbito pela fé Zakarum. A corrupção e a intolerância haviam corroído os alicerces da sociedade, e as pessoas comuns encontraram inspiração e esperança nos dogmas dos Zakarum, que enfatizavam a individuação e a igualdade.

1019 Anno Kehjistani — A Queda de Diablo

Liderados por Jered Cain, os Horadrim rastrearam Diablo até Khanduras e o derrotaram em uma batalha que quase custou suas vidas. Eles enterraram a Pedra das Almas Carmesim do Senhor do Medo em um sistema de cavernas labirínticas perto do rio Talsande. Os Horadrim que permaneceram em Khanduras (incluindo Jered) construíram um pequeno monastério e uma rede de catacumbas por cima do local.

1025 Anno Kehjistani — A Fundação de Tristram

Os Horadrim de Khanduras instalaram-se nas terras perto do monastério e fundaram a aldeia de Tristram. Nos anos seguintes, a cidade atraiu fazendeiros e colonos das regiões vizinhas.

1042 Anno Kehjistani — A Ascensão da Igreja de Zakarum

Apesar da captura dos Males Supremos, a sociedade do Kehjistão permaneceu em um estado sofrível, acossada pela fome e pela doença. O povo cada vez mais passou a ver a elite dominante como a causa dos seus males. A rebelião ameaçava dilacerar o império.

Foi nesse ponto crítico que Tassara, um novo imperador do Kehjistão, se converteu à fé Zakarum, populista e cada vez mais influente. Ao fazer isso, ganhou a adoração das massas e consolidou seu domínio sobre a região.

A fé Zakarum se tornou a religião dominante no Kehjistão. A capital do império mudou da antiga Viz-jun para Kurast. Tassara envidou esforços para codificar as crenças da sua fé e eleger o primeiro Que-Hegan — a mais alta autoridade religiosa. Por essa época começamos a encontrar registros descrevendo os Zakarum como uma igreja organizada e estruturada.

Pelos próximos três anos, a crescente popularidade de Tassara foi obscurecida pela de Rakkis, um general famoso, convertido fervoroso e seu amigo de infância. Após derrotar um grupo de nobres renegados que desejavam derrubar a igreja, o general se tornou uma lenda entre as massas. Dizem que Rakkis usou sua influência crescente para substituir oficiais do governo por arcebispos Zakarum, desestabilizando assim o equilíbrio de poder na região.

1045 Anno Kehjistani — Rakkis e a Campanha Ocidental

Desconfiado da crescente popularidade de Rakkis, o Imperador Tassara despachou o general em uma missão importante para espalhar a fé Zakarum nas terras selvagens do oeste. Quando o general e suas tropas mais leais se foram, o imperador consolidou seu domínio sobre o Kehjistão.

1045 Anno Kehjistani —
Os Cruzados e a Oriental Ocidental

Na época em que Rakkis partiu do Kehjistão, um clérigo chamado Akkhan forjou uma ordem conhecida como "cruzados". Ele os enviou em uma missão ao leste para procurar uma maneira (qualquer que fosse) de purificar a fé Zakarum. A motivação por trás dessa campanha foi a crença de Akkhan de que a igreja havia se afastado dos ensinamentos originais de Akarat.

1060 Anno Kehjistani — A Fundação de Hespéria

Após anos de guerras com as tribos e civilizações espalhadas pelo oeste, Rakkis terminou sua jornada fundando Hespéria e tornando-se seu rei. Essa nação recebeu seu nome por causa da longa e árdua campanha do general ("hespéria" é um termo relacionado a quaisquer terras que fiquem a oeste).

1080 — 1100 Anno Kehjistani —
O Desaparecimento dos Horadrim

Todos os registros indicam que por volta dessa época o monastério Horádrico foi abandonado. Tristram continuava a prosperar, no entanto, embora sempre permanecesse como um pequeno entreposto. Gerações de pessoas viveriam e morreriam ali, sem ter ideia de que a Pedra das Almas Carmesim se escondia sob seus pés.

Por volta de 1100, as atividades dos Horadrim em outras partes do mundo tinham cessado. Aparentemente a ordem, já sem missões para cumprir, finalmente se dissolveu e entrou para o rol das lendas.

1150 Anno Kehjistani — A Reforma Zakarum

Um novo e ousado Que-Hegan, Zebulon I, iniciou uma reforma geral na Igreja Zakarum. Os rumores diziam que ele o fez inspirado por visões do próprio Akarat. Zebulon conclamava os fiéis a se alinharem com as origens da religião, mais ascéticas e humildes. Isso foi bem recebido pelo povo, e causou um aumento no culto independente, no secularismo e no misticismo.

Mas veja que os arcebispos ortodoxos do Alto Conselho Zakarum consideravam esse desenvolvimento uma terrível erosão do poder da igreja. Independentemente disso, eles não puderam deter a maré de mudança devido ao status de Zebulon com o povo, que o reverenciava.

1202 Anno Kehjistani — Data de nascimento de Deckard Cain.

1225 Anno Kehjistani —
A Inquisição Zakarum

Com a ascensão do Que-Hegan Karamat, o Alto Conselho Zakarum atingiu seu antigo objetivo de desbaratar as reformas de Zebulon I. Os arcebispos manipularam o novo líder da igreja, fazendo-o lançar um sistema de adoração restrito que impunha punições severas aos dissidentes. O trabalho missionário começou a assumir tons cada vez mais bélicos.

Isso, caro leitor, culminou na horrenda Inquisição Zakarum. A Igreja expurgou várias seitas de sua fé e suprimiu violentamente outras religiões, como os Skatsim.

1247 Anno Kehjistani — A Ordem dos Paladinos

Sem querer continuar com os terríveis métodos da inquisição, um grupo de paladinos Zakarum se afastou da igreja. Eles juraram que a sua Nova Ordem de Paladinos protegeria os inocentes e combateria a corrupção que obscurecia o outrora luminoso coração de sua religião. Esses rebeldes partiram para as terras ocidentais para começar sua nobre campanha.

1258 Anno Kehjistani — A Coroação do Rei Leoric

Ao comando do Alto Conselho Zakarum, Leoric, um lorde kehjistanês, partiu para governar as terras de Khanduras. Ao que parece, essa decisão foi tomada em grande parte graças à influência de um poderoso arcebispo chamado Lazarus.

Leoric, sempre zeloso, viajou para Khanduras e se declarou rei. Ele transformou Tristram na capital da região e também transformou o monastério Horádrico arruinado em uma gloriosa catedral Zakarum.

É importante notar que Lazarus acompanhou Leoric nessa jornada. Ao chegar em Tristram, o arcebispo libertou Diablo em segredo. De fato, parece que esse era o objetivo do arcebispo desde o começo. Creio que ele estava sob influência de Mefisto antes de partir para Tristram, onde começou a servir Diablo.

Uma vez libertado, Diablo tentou possuir Leoric sutilmente, mas não conseguiu. Creio que isso levou alguns anos, pois Tristram passou por um período de paz e tranquilidade sob o jugo de seu novo rei. No entanto, finalmente o Senhor do Medo começou a deixar marcas na sanidade do rei, lançando o nobre regente em um abismo de loucura.

1263 Anno Kehjistani — A Escuridão de Tristram

Cada vez mais instável, Leoric começou a ver inimigos em todos os lugares, mesmo entre seus amigos e aliados. Ele ordenou a execução e tortura de cidadãos inocentes. O rei também declarou guerra à vizinha Hespéria, acreditando que ali havia conspiradores atentando contra o seu reino. Junto com alguns leais seguidores, Aidan, o filho mais velho de Leoric, partiu para Hespéria a fim de lutar na campanha bélica escusa do pai.

Lazarus sequestrou secretamente Albrecht, o filho mais novo de Leoric, e o levou até Diablo. O Senhor do Medo possuiu o rapaz, transformando-o em uma monstruosa forma demoníaca. O desaparecimento de Albrecht levou Leoric a um estado de paranoia ainda mais intensa, e ele começou a atacar todos os que, em sua loucura, acreditava que fossem responsáveis pelo desaparecimento do filho.

Os exércitos superiores de Hespéria esmagaram as tropas de Leoric. Lachdanan, capitão dos soldados do rei, retornou do conflito desastroso apenas para ver seu lar destruído. Foi esse homem corajoso e de vida trágica que finalmente matou Leoric, dando um fim ao seu reinado. Depois, Lachdanan e seus camaradas enterraram Leoric em algum lugar das profundas e labirínticas catacumbas sob Tristram.

Demônios continuaram a aterrorizar as pessoas de Tristram. Tudo parecia perdido até que Aidan voltou de Hespéria. Na esperança de encontrar o irmão desaparecido, o jovem guerreiro e seus aliados desceram às profundezas da catedral. Durante essa terrível jornada, Aidan teve que derrotar o próprio pai, que fora ressuscitado como Rei Esqueleto. O príncipe também derrotou Lazarus e muitos demônios imundos. Por fim, Aidan matou Diablo, mas descobriu que, ao fazê-lo, também matara Albrecht.

Nihlathak, o ancião bárbaro que ajudou
Baal a passar pelos guardiões no topo do Monte
Arreat. Em grande parte foi graças
às suas ações funestas que mais tarde
fui forçado a destruir a Pedra do Mundo.

Deckard Cain escreveu sobre esse bárbaro infame e seu tolo pacto com Baal. Incluí esse texto em um trecho mais à frente.

Nas semanas que se seguiram, Aidan tornou-se cada vez mais distante e retraído. Ele procurou conforto com uma única pessoa em toda Tristram: a bruxa Ádria. Mais tarde eu soube a causa dos problemas de Aidan: em um ato corajoso (porém irresponsável), ele tentou conter a essência de Diablo enxertando a Pedra das Almas Carmesim em seu próprio corpo.

A triste verdade é que Aidan viria a sucumbir à influência do Senhor do Medo. A partir daí ele ficou conhecido como o Errante Sombrio. Partiu de Tristram para o leste, a fim de libertar Baal e Mefisto. Ádria também deixou a cidade e foi até Caldeum, onde teve uma filha, chamada Léa.

Quanto a Tristram, os demônios voltaram à cidade e chacinaram os habitantes. De fato, não houve trégua ou salvação para essas pessoas, apenas morte e sofrimento. Eu sobrevivi a essa tragédia, mas fui aprisionado pelos lacaios vis do Inferno Ardente.

1264 Anno Kehjistani —
O Errante Sombrio

O Arcanjo Tyrael descobriu a respeito do Errante Sombrio e dos seus planos. O Aspecto da Justiça o confrontou na tumba de Tal Rasha, mas o arcanjo foi derrotado pelas forças combinadas do Errante e de Baal, recém-liberto. Os dois Males Supremos aprisionaram Tyrael na tumba ancestral.

Foi então que um grupo de heróis me resgatou de Tristram. Eu os ajudei o melhor que pude. Juntos libertamos o Monastério do Portão Leste da influência demoníaca e então seguimos a trilha do Errante Sombrio até a tumba de Tal Rasha. Ao chegar lá, libertamos Tyrael de seus grilhões e logo continuamos a jornada.

É importante lembrar que, durante esse período, meus companheiros enfrentaram e derrotaram Andariel e Duriel, pois ao que parece esses Males Inferiores haviam decidido ajudar Diablo.

O Errante Sombrio nos ludibriava a cada passo. Ele conseguiu libertar Mefisto de Travincal. Foi então que os últimos vestígios de Aidan desapareceram e Diablo assumiu a forma demoníaca. Ele voltou ao Inferno para reunir seus seguidores, enquanto Baal partiu para o Monte Arreat, onde estava a Pedra do Mundo. Mefisto permaneceu em Travincal para continuar influenciando a Igreja Zakarum e seus seguidores fanáticos.

É impossível enfatizar demais os eventos que se seguiram.

Contra todas as probabilidades, meus companheiros derrotaram Mefisto e Diablo (este último, nas profundezas do Inferno Ardente) e os aprisionaram em suas respectivas pedras das almas. Os heróis partiram para a causticante Forja Infernal, para lá arremessar as essências de Mefisto e Diablo em um reino sobrenatural que creio se chamar "o Abismo".

Depois dessa vitória, meus companheiros voltaram suas atenções para Baal. O Senhor da Destruição começara a deixar um rastro de devastação ao seguir em direção ao topo sagrado do Monte Arreat. É necessário lembrar que, desde a criação de Santuário, essa montanha era uma barreira protetora ao redor da Pedra do Mundo. Era isso — o próprio Coração da Criação — que Baal planejava encontrar e corromper.

1265 Anno Kehjistani —
O Senhor da Destruição

No topo do Arreat, meus companheiros derrotaram Baal, mas não antes que o demônio maculasse a Pedra do Mundo com o mal. Caro leitor, entenda que, ao fazer isso, o Senhor da Destruição condenara a humanidade às trevas. Nossa queda em direção ao mal parecia inevitável.

Apenas Tyrael conhecia nosso destino terrível. Reunindo todas as suas forças, ele arremessou El'druin, sua espada, na Pedra do Mundo. A explosão resultante estilhaçou o cristal e obliterou o Monte Arreat. Eu vim a crer que o próprio Tyrael pereceu no processo.

Mas devo dizer que esse ato, mesmo catastrófico, atrapalhou os planos de Baal para a humanidade.

Isso é verdade. Ainda levaria muitos anos para que minha essência se materializasse outra vez, permitindo assim que eu retornasse ao Paraíso Celestial.

1265 Anno Kehjistani — A Ascensão de Caldeum

Quando foi revelado que demônios controlavam a Igreja Zakarum, a opinião pública a respeito voltou-se imediatamente contra a organização. De fato, Kurast e Travincal tinham sofrido bastante com a chegada do Errante Sombrio na cidade e com os eventos que se seguiram.

Após uma série de manobras políticas habilidosas, o Imperador Hakan I mudou a capital do Kehjistão para Caldeum e concentrou seu poder ali. Devemos enfatizar que não foi um feito fácil. Grupos poderosos de comerciantes controlavam a maior parte de Caldeum, e a reputação do imperador tinha ficado prejudicada com as histórias de corrupção dos Zakarum. Mas Hakan era um diplomata brilhante, e usou os seus talentos para forjar alianças e ganhar o respeito da nobreza da cidade.

Nos anos que se seguiram, Caldeum também se mostrou ser um santuário para os membros remanescentes da Igreja Zakarum. Esses indivíduos vieram em grandes grupos para a cidade para recomeçar as vidas. Foi por esse período que Caldeum, que sempre fora uma cidade importante, tornou-se talvez o mais importante e influente centro urbano em todo Santuário.

Durante essa época, no ano 1272, Deckard Cain viajou até Caldeum e passou a cuidar de Léa.

1272 Anno Kehjistani — Os Primeiros

Bem antes que eu os encontrasse, um grupo de jovens eruditos descobriu um arquivo secreto de textos Horádricos na cidade de Géa Kul. Eles levaram os tomos perdidos para Garreth Rau, o famoso homem de letras, que ficou tão impressionado com a descoberta que se tornou líder dos eruditos e encetou recriar os Horadrim. Os membros dessa ordem ficaram conhecidos como Os Primeiros. Mas havia uma verdade mais sombria a respeito de Rau e seus planos aparentemente nobres: ele estava escravizado à vontade de Belial, o Senhor das Mentiras. Aos poucos ele usou sua influência e poder para transformar Géa Kul em um pesadelo de torturas e desesperança.

Com a jovem Léa ao meu lado, eu descobri o plano de Rau enquanto investigava boatos sobre os Horadrim reformados. Ele planejava ressuscitar um exército de feiticeiros que haviam sido sepultados sob Géa Kul, vítimas de uma terrível batalha travada durante as Guerras dos Clãs de Magos. Junto com os bravos e imaculados membros dos Primeiros, e Mikulov, um monge do reino de Ivgorod, Léa e eu ajudamos a pôr um fim os planos de Rau.

Com o falecimento de Deckard Cain, continuei o seu trabalho. Logo essa tarefa recairá sobre você, Horadrim.

Ao longo desses vinte anos, Cain dedicou a vida a investigar o Fim dos Dias.

1285 Anno Kehjistani – O Mal Supremo

Após a queda dos Males Supremos, Belial e Azmodan planejaram uma invasão de Santuário. Eu abordei o assunto com o Conselho Ângiris, mas eles não me escutaram. Assim, tomei a decisão de me unir às fileiras da humanidade como mortal.

Quando caí em Santuário, meus poderes angélicos fenecentes acordaram os mortos de Nova Tristram, um acampamento construído perto das ruínas da antiga cidade. A situação me deixou sem poderes para ajudar as pessoas a defender seus lares. Não, a salvação veio de outra parte: de um bravo mortal cujos poderes nefalem haviam despertado. Infelizmente Cain pereceu durante esses eventos. Sua perda ainda será sentida por muitos anos.

Junto com Léa, o nefalem e outros mortais valorosos, parti para Caldeum, onde Belial tinha assumido a forma de um novo imperador, Hakan II. A mãe de Léa, Ádria, separada dela havia muito tempo, uniu-se a nós. Ela nos levou até a Pedra Negra das Almas, um incrível artefato que continha as essências de cinco dos sete Senhores do Inferno. Depois de capturar Belial e Azmodan, Ádria nos fez acreditar que ela destruiria o cristal, banindo assim para sempre o mal da existência.

O valente nefalem derrotou Belial em Caldeum e o Senhor das Mentiras foi preso no interior da Pedra Negra das Almas. Meus companheiros e eu então partimos para a Cratera Arreat, onde Azmodan havia liberado as legiões do Inferno sobre o mundo mortal.

Muitas vidas se perderam. Muitos horrores foram enfrentados. Enquanto outros mortais se acovardavam, o nefalem seguiu em frente, enfrentando Azmodan. Esse último demônio também foi preso na Pedra Negra das Almas. Uma vitória gloriosa era iminente... E foi então que Ádria revelou seus verdadeiros planos.

Por pelo menos vinte anos ela já servia Diablo. Ela concebera Léa, cujo pai era o Errante Sombrio, apenas para servir de hospedeira para o senhor do terror. Diablo consumiu as essências dos outros Senhores do Inferno aprisionados na Pedra Negra das Almas e tornou-se assim o Mal Supremo. Possuindo o corpo de Léa, a terrível entidade atacou o Paraíso Celestial e procedeu à destruição do reino angélico.

No topo do grande Arco Cristalino, o nefalem finalmente derrotou o Mal Supremo e o arremessou do alto do Paraíso Celestial. No entanto, a Pedra Negra das Almas não foi destruída. Ainda repleta da essência do Mal Supremo, ela ficou sob os cuidados do Conselho Ângiris.

Esse evento marcou o início de uma nova era na história dos anjos e mortais. Mas quanto ao reinado de terror de Diablo, não sabemos com certeza se chegou realmente ao fim.

Facções de Santuário

Amazonas

* Líder: *Rainha Zaera*
* Base de operações: *Têmis, Ilhas Skovos*
* Situação: *Ativa*
* Número de membros: *Cerca de 5.000 (soldados da casta das amazonas totalmente treinadas)*

As amazonas compõem a casta marcial de elite da cultura Askari. Relatos de suas habilidades com arcos, dardos e lanças, que beiram o sobrenatural, são conhecidos por toda a terra de Santuário. Os membros altamente treinados da casta incumbem-se de uma série de obrigações; da proteção das fronteiras de sua ensolarada terra natal, as Ilhas Skovos, à guarda das vastas frotas mercantes de Askari que velejam até os cantos mais recônditos.

Deve-se notar que as amazonas não são meramente soldados. Elas estão ligadas ao governo matriarcal de Askari. Duas rainhas reinam nas Ilhas Skovos — uma delas é líder entre as amazonas. A outra monarca encabeça uma casta de místicas e líderes espirituais conhecidas como oráculos. É assim que tem sido desde tempos imemoriais.

Assassinos

* Líder: *Desconhecido*
* Base de operações: *Desconhecida*
* Situação: *Ativa*
* Número de membros: *Desconhecido*

Mistérios recobrem os assassinos (também conhecidos com Viz-Jaq'taar, a Ordem dos Matadores de Magos). Até mesmo o nome da ordem é proferido a boca pequena e em tons temerosos por praticantes de magia. Eu conheci alguns assassinos, mas a verdade é que ainda sei muito pouco sobre os ritos, o contingente e a liderança do grupo. Entretanto, há algo que sei: após as desastrosas Guerras dos Clãs dos Magos, os líderes Vizjerei criaram o Viz-Jaq'taar para vigiar todos os magos e caçar quem quer que fosse tolo o suficiente para se envolver com a demonologia e outras práticas banidas. Para evitar a influência potencialmente corruptora da magia, os assassinos foram estritamente proibidos de manipular diretamente qualquer energia arcana. Em vez disso, os membros foram instruídos a aperfeiçoar seus corpos para tornarem-se armas e empregar engenhos e armadilhas encantadas para rivalizar os poderes de seus inimigos mágicos.

Tribos Bárbaras

* Líder: *Vários (as tribos são lideradas por seus próprios chefes)*
* Base de operações: *Monte Arreat (originalmente)*
* Situação: *Ativa*
* Número de Tribos: *Cerca de 32 (originalmente)*

Em outros tempos, as tribos bárbaras eram inúmeras — muitas já existiam antes do princípio da história. Todas descendiam do poderoso nefalem Bul-Kathos; cada uma cantava sagas épicas de seus próprios campeões ancestrais. Por milênios, as orgulhosas e indomáveis tribos viveram aos pés do Monte Arreat, um lugar considerado sagrado pelos povos bárbaros. Na verdade, a despeito das sangrentas contendas e rivalidades entre os grupos, todos devotavam-se à proteção da montanha.

No ano de 1256, uma tragédia acometeu os pujantes bárbaros. O Arreat foi dilacerado numa explosão catastrófica, varrendo tribos inteiras da existência. Desde o fatídico dia, poucos enclaves de bárbaros permaneceram sobre as faces fumegantes da montanha. Muitos se fragmentaram completamente e seus membros foram espalhados como folhas ao vento. Dizem que agora vagam pelo mundo em busca de um novo propósito — uma nova vigília — que dê sentido às suas vidas..

Conselho dos Anciãos

* **Líder:** *Membros do conselho*
* **Base de operações:** *Harrogath*
* **Situação:** *Inativa*
* **Número de membros:** *13*

O Conselho dos Anciãos (às vezes chamado de Anciãos de Harrogath) era uma ordem de bárbaros sábios e venerados. Pelo que pude depreender de passagens do antigo tomo Scéal Fada, tudo indica que o grupo nasceu nos primórdios da civilização bárbara. Ao longo das gerações, o conselho guiou as miríades de tribos que viviam à sombra do Monte Arreat. Quando Baal atacou os bárbaros em 1265, praticamente todos os Anciãos se sacrificaram para lançar uma barreira protetora ao redor do bastião de Harrogath. Para compreender totalmente o ato do conselho, é preciso se lembrar de que Harrogath era a última defesa de Arreat — o último posto entre o Senhor da Destruição e o cume sagrado da montanha.

Apenas um Ancião recusou-se a tomar parte no ato de abnegação. Seu nome era Nihlathak; eu escrevi textos sobre ele. É o bastante dizer que a invasão de Baal trouxe o fim do Conselho dos Anciãos. Agora que as tribos bárbaras estão em desordem, não sei quando, nem se um dia, a ordem retornará.

O Culto

* Líder: *Maghda*
* Base de operações: *Desconhecida*
* Situação: *Ativa*
* Número de membros: *Cerca de 500*

Lembre-se bem do Culto, pois ele representa uma das maiores ameaças ao nosso mundo. Creio que o depravado grupo seja uma ramificação do antigo Triuno. Há, no entanto, diferenças notáveis entre ambos. Diferente do velho Triuno, o Culto não tenta ocultar seu vínculo com demônios, seus inclementes métodos de tortura ou seus grotescos rituais. Além disso, suspeito que o Culto sirva aos Males Inferiores Azmodan e Belial, ao passo que era perante a vontade dos Males Supremos que o Triuno se curvava.

Tudo não passa de especulação de minha parte, mas sinto-me compelido a escrevê-las aqui. Afinal, os Males Inferiores provavelmente têm seus próprios desígnios sinistros para o nosso mundo, planos que logo poderão se desenrolar. As atividades do Culto devem ser observadas com o máximo escrutínio.

Com base em minhas recentes batalhas com o Culto, creio que Cain tenha subestimado seu alcance.

Cruzados

* Líder: *Akkhan (originalmente); atualmente, liderança descentralizada*
* Base de operações: *Nenhuma*
* Situação: *Ativa*
* Número de membros: *300-400*

A ordem dos cruzados emergiu no décimo primeiro século A.K., um tempo em que o mundo passava por mudanças profundas. A Igreja Zakarum tornou-se a religião dominante no Kehjistão. Rakkis partira em sua grande marcha para o oeste. Em meio ao estremecimento causado por tais eventos, o clérigo Zakarum Akkhan observou pela primeira vez sinais sutis de que a escuridão devorava o cerne de sua religião. Assim, fundou a ordem para combater a corrupção que germinava. Os cruzados, guerreiros sagrados de incrível força e determinação, viajaram para o leste em busca de maneiras de purificar a fé Zakarum. Mais de dois séculos depois, a organização ainda existe; seus adeptos permanecem firmes no intento de cumprir a missão de Akkhan.

Considero prudente ponderar acerca do motivo pelo qual a ordem viajou especificamente para o leste. De minha parte, creio que o destino dos cruzados estava ligado à vida de Akarat, o fundador da fé Zakarum. Alguns dos textos mais apócrifos da igreja (como os pergaminhos de Sarjuq) dizem que ele foi visto pela última vez vagando rumo ao leste, para além das fronteiras do Kehjistão. Não tenho dúvidas de que Akkhan estava ciente de tais relatos. Talvez ele tenha enviado seus seguidores para aquele canto do mundo na esperança de que encontrassem textos ou relíquias ainda intocados deixados por Akarat. Não passam de conjecturas minhas, mas considero uma explicação razoável para o curso adotado pelos cruzados.

Conferir o relato mais detalhado de Deckard Cain
acerca desta ordem, incluído por mim na seção
"Destino da Pedra Negra das Almas".

Druidas

* Líder: *Cíodan Passoverde*
* Base de operações: *Túr Dúlra, Scosglen*
* Situação: *Ativa*
* Número de membros: *Desconhecido*
(apesar disso, estimo que pelo menos 500 guerreiros
de elite vigiem e guiem grande parte da cultura druídica.)

Os druidas são uma ordem deveras intrigante, um grupo de guerreiros-poetas que habitam as florestas verdejantes de Scosglen. Eles vivem de acordo com o Caoi Dúlra, uma filosofia semeada pelo nefalem Vasily que exorta a união com o mundo natural. Os druidas são tão vinculados à terra que podem comungar com animais e até mesmo plantas, convocando seu auxílio em batalha. Testemunhei tais feitos com meus próprios olhos, e sei que são mais do que lendas.

Desde a tenra idade, os druidas estudam suas artes e sintonizam-se à natureza em grandes torres pétreas (conhecidas como colegiados), espraiadas pelas florestas esmeraldinas de sua terra natal. Apesar da calma e das inclinações contemplativas, os membros dessa ordem não devem ser menosprezados. Histórias dão conta de que eles compartilham uma ancestralidade comum com os bárbaros e, portanto, gozam de espetacular vigor físico. Sua escola de magia exclusiva também lhes concede incríveis poderes. Em verdade, há inúmeros relatos de dias antigos acerca de poderosos magos Vizjerei invadindo Scosglen só para morrer ou serem repelidos pelos temíveis druidas da região.

Os Edyrem

* Líder: *Uldyssian ul-Diomed (originalmente)*
* Base de operações: *Kehjan e regiões vizinhas (originalmente)*
* Situação: *Inativa*
* Número de membros: *Cerca de 3.000 (originalmente)*

Os edyrem, "aqueles que testemunharam", eram uma ordem de mortais cujos poderes nefalem desabrocharam durante a Guerra do Pecado. Devido a uma falta de registros, é impossível sabermos precisamente que tipos de habilidades esses indivíduos tinham. No entanto, é possível supor com segurança que eram superiores às dos maiores magos de então.

Os edyrem declararam guerra ao Templo do Triuno e à Catedral da Luz, temendo que a influência de ambas as religiões destruísse a humanidade. Após a Guerra do Pecado, os poderes dos edyrem foram drenados e suas memórias, expurgadas. É difícil imaginar essas pessoas retomando a vida mundana dos campos e mercados depois de terem experimentado uma escala tão alta do potencial humano.

Horadrim

* Líder: *Tal Rash (originalmente), Jered Cain (originalmente), Garreth Rau (originalmente), Thomas e Cullen*
* Base de operações: *Géa Kul*
* Situação: *Ativa*
* Número de membros: *7–12 (núcleo de membros original), agora 10 (baseio o número atual em meu último contato com Thomas e Cullen.)*

Cerca de três séculos atrás, o Arcanjo Tyrael forjou os Horadrim, um grupo de preeminentes magos se incumbido de aprisionar os três Males Supremos: Diablo, Mefisto e Baal. A ordem obteve sucesso em sua urgente e perigosa missão, mas não sem muito sacrifício. A bem da verdade, os magos foram transformados para sempre pelos horrores com que se depararam.

As fileiras dos Horadrim agora em muito ultrapassam minhas antigas estimativas.

Apesar disso, eles continuaram a trabalhar, documentando tudo o que sabiam ou depreendiam acerca das forças do Inferno Ardente e do Paraíso Celestial. Nas décadas que se seguiram à derrota dos Males Supremos, os Horadrim desvaneceram gradualmente, deixando para trás apenas seu grandioso legado.

Foi essa herança que recebi gerações mais tarde. Como guardião do conhecimento Horádrico e descendente direto de Jered Cain, considero-me o único membro vivo da organização. Meus pensamentos acerca disso mudaram quando descobri que um grupo de escolásticos da cidade de Géa Kul reunira-se para dar continuidade aos ensinamentos Horádricos. São indivíduos que se dedicaram à ordem, e creio que em anos vindouros alcançarão grandes feitos, dignos dos Horadrim originais.

Deckard escreveu mais sobre os Horadrim no Livro de Cain. Compilei informações acerca da encarnação mais nova da ordem anteriormente neste tomo.

Os Lobos de Ferro

* Líder: *Comandante Ashara*
* Base de operações: *Caldeum*
* Situação: *Ativa*
* Número de membros: *Cerca de 550*

Companhias mercenárias são notórias pelo costume de vender sua lealdade, mas os Lobos de Ferro têm algo de diferente. Apesar de impetuosos e inclementes, valorizam a lealdade e o dever acima de tudo. Seus membros são experientes veteranos que se sobressaem em disciplinas como a espada e as ciências arcanas.

Após a queda de Kurast, a Igreja Zakarum contratou os Lobos de Ferro para buscar o novo governante do Kehjistão, Hakan II, em seu lar no norte longínquo de Santuário. Com a missão concluída, os Lobos de Ferro tornaram-se guardas pessoais do menino imperador. Tal evento elevou a companhia mercenária a um nível de poder e influência até então desconhecido para uma organização desse tipo.

Quando a corrupção correu por Caldeum, o Imperador Hakan II substituiu os Lobos de Ferro por sua Guarda Imperial pessoal. Ashara e seus leais soldados mesmo assim nos ajudaram a salvar a cidade.

Clãs de Magos

* Líder: *Mestre Valthek*
* Base de operações: *Santuário Yshari, Caldeum*
* Situação: *Ativa*
* Número de membros: *Cerca de 500*
(excluindo-se os não afiliados ao Santuário Yshari)

Da miríade de facções e ordens existentes, creio que foram os clãs de magos os que mais moldaram o destino mortal. Por ter já discorrido extensamente acerca da história dos enclaves em outros tomos, aqui, a situação dos clãs de magos na era moderna será meu foco.

Cinco em particular permanecem dignos de nota: os Ennead, os Ammuit, os Vizjerei, os Taan e os Zann Esu. Nos séculos que se seguiram à Guerra dos Clãs de Magos, as populações de tais grupos outrora influentes escassearam. Em anos recentes, devido a ações do Consórcio Mercante de Caldeum, essa tendência foi revertida. Buscando tornar sua cidade um polo de aprendizado, os mercadores governantes trabalharam para unir os clãs de magos e erguer o grandioso Santuário Yshari. A maravilhosa academia, repleta de valiosos tesouros arcanos, tornou-se um local de aprendizado e crescimento para os diversos clãs. Creio que o Santuário ainda permaneça sendo o maior símbolo de poder mágico e união desde a era dourada da magia.

Necromantes

* Líder: *Morta-voz Jurdann*
* Base de operações: *Leste do Kehjistão*
* Situação: *Ativa*
* Número de membros: *Cerca de 150*

Os necromantes, ou sacerdotes de Rathma, compõem uma ordem incompreendida, temida por sua habilidade de interagir com os mortos. Foi o lendário nefalem Rathma quem ensinou aos mortais a arte de romper a linha entre a vida e a morte. Segundo os *Livros de Kalan*, o padroeiro dos necromantes também incumbiu seus seguidores de uma tarefa vital: preservar o Equilíbrio entre a luz e a escuridão, impedindo que tanto anjos quanto demônios ganhassem poder excessivo sobre a humanidade. É interessante observar que os primeiros necromantes podem ter surgido durante a Guerra do Pecado, um tempo em que o mundo mortal esteve sob grave ameaça do Paraíso Celestial e do Inferno Ardente.

Sobre o funcionamento interno da ordem, há muito pouco que sei. Os sacerdotes de Rathma vivem em uma vasta cidade subterrânea em algum lugar das selvas a leste do Kehjistão. O isolamento os manteve livres da influência de outros clãs de magos, o que permitiu que desenvolvessem ritos e saberes arcanos inteiramente únicos. No passado, viajei brevemente na companhia de um necromante. A experiência me fez crer que os sacerdotes de Rathma podem ser aliados confiáveis e poderosos em tempos de incerteza.

Paladinos

* Líder: *Grão-marechal Elyas (originalmente)*
* Base de operações: *Hespéria*
* Situação: *Inativa*
* Número de membros: *Cerca de 250 (originalmente)*

Os paladinos são membros de uma ala marcial da fé Zakarum, guerreiros sagrados treinados para brandir os poderes da Luz em batalha. Dentre os justos soldados da fé, desejo escrever sobre um grupo em especial, conhecido como Ordem dos Paladinos. Durante os sombrios dias da Inquisição Zakarum (assunto sobre o qual discorri em outros escritos), um enclave de paladinos se separou da igreja. Condenando com veemência os métodos da inquisição, eles fizeram votos de não dar continuidade ao legado de sangue. Jurando proteger os inocentes do mal em todas as suas formas, os valentes renegados viajaram até Hespéria, onde foram apoiados pelo Rei Cornelius. Em anos recentes, a ordem fundiu-se aos Cavaleiros de Hespéria, um grupo de paladinos que já existira no passado do reino.

Patriarcas

* Líder: *Todos os Patriarcas*
* Base de operações: *Ivgorod*
* Situação: *Ativa*
* Número de membros: *Cerca de 9*

A manutenção do equilíbrio entre as forças da ordem e do caos está entranhada na cultura e nas crenças antigas de Ivgorod. Os supremos governantes e líderes religiosos do reino, os Patriarcas, são um reflexo disso. Ao todo, os líderes são nove: quatro devotam-se à ordem; quatro, ao caos; um único permanece neutro. A religião de Ivgorod — Sahptev, como é conhecida — venera mil e um deuses, e dizem que os Patriarcas são mensageiros de suas divindades. Logo, sua vontade é atendida prontamente por todo homem, mulher e criança da nação.

Quanto à origem dos Patriarcas, antigos pergaminhos Sahptev afirmam que eras atrás os mil e um deuses escolheram nove humanos para fundar e governar o que viria a ser Ivgorod. A crença corrente dá conta de que os Patriarcas são reencarnações dos nove fundadores.

Ladinas

* Líder: *Alta sacerdotisa Akara*
* Base de operações: *Fortaleza do Portão Leste, Khanduras*
* Situação: *Ativa*
* Número de membros: *Cerca de 40*

As ladinas são membros de uma guilda secreta chamada Irmãs do Olho Cego. Entre outras coisas, sua fama advém de suas habilidades inigualáveis com arcos e flechas. Assim, não é surpresa nenhuma que a ordem ladina tenha sido fundada por amazonas das Ilhas Skovos, também renomadas pelo exímio uso que fazem do armamento de longa distância. Anos antes, um grupo de guerreiras debandou da sociedade Askari levando consigo um miraculoso artefato — o Olho Cego. As lendas contam que o dispositivo é um artefato de inefável poder. Segundo relatos, o Olho permite a apreensão de detalhes relacionados a eventos do porvir. Histórias afirmam ainda que ele permite a comunicação de indivíduos separados por vastas distâncias.

Por fim, as Irmãs do Olho Cego se estabeleceram na Fortaleza do Portão Leste, que caíra em abandono depois de Rakkis fundar a nação de Hespéria. Lá, elas continuaram com seu treinamento marcial singular, concentrado em arcos. Dizem que as irmãs recrutaram todas as mulheres que buscaram refúgio nas montanhas e meios de forjar para si um novo destino. Cerca de vinte anos antes, o Mal Inferior Andariel lançou sua influência sobre as irmãs e desestabilizou a ordem. Agora que se recuperaram do trágico evento, a música dos arcos e os gritos de guerra voltaram a ecoar pelos campos de treinamento da fortaleza. Devo mencionar, no entanto, que o paradeiro do Olho Cego permanece um mistério.

Skatsim

* Líder: *Liderança descentralizada*
* Base de operações: *Kehjistão*
* Situação: *Ativa*
* Número de membros: *Cerca de 10.000*

Devo ao Livro Negro de Lam Esen a maior parte das informações que tenho sobre o Skatsim. Antes da ascensão da Igreja Zakarum, tratava-se de uma das religiões mais praticadas no Kehjistão. Em seu cerne, Skatsim é um misto único de fé e misticismo. Seus praticantes realizam ritos para alcançar estados de clarividência ou observar eventos passados e futuros. Os seguidores do Skatsim anseiam por uma elevação no sentido de ser — transcender a si mesmos. Apesar de a popularidade da fé ter se esvaído ao longo dos séculos, sua influência pode ser vista no clã de magos Taan, que compartilha diversas práticas com a velha religião.

Aparentemente essas especulações são verdadeiras. Um de meus companheiros, um templário chamado Kormac, descobriu práticas odiosas em sua ordem.

Templários

* Líder: *Desconhecido (ouvi referências ao fato de o líder ser denominado "grão-mestre")*
* Base de operações: *Hespéria*
* Situação: *Ativa*
* Número de membros: *Desconhecido*

A ordem dos templários de Hespéria é de certa forma um enigma para mim. Alguns relatos retratam os membros da organização como criminosos que receberam uma oportunidade de redimir seus pecados e caminhar pela trilha da justiça. Outros, mais perturbadores, pintam os templários de forma muito diferente. Se tais rumores forem verdadeiros, a ordem está envolvida no rapto de inocentes, que são sujeitados a terríveis torturas e têm suas memórias apagadas para se tornarem adeptos devotos. Não posso afirmar que essas histórias são verdadeiras, mas a mera existência de rumores me faz temeroso acerca das verdadeiras intenções do grupo.

O Templo do Triuno

* Líder: *Lucion, o Primeiro (originalmente)*

* Base de operações: *Kehjan (originalmente)*

* Situação: *Ativa*

* Número de membros: *Desconhecido (Tenho razões para crer que, em tempos antigos, os seguidores chegaram às dezenas de milhares.)*

Aproximadamente três milênios atrás, o Templo do Triuno (ou Culto dos Três) emergiu no seio do império Kehjan, que se alastrava. Forjado pelos próprios Males Supremos do Inferno Ardente, seu intento era influenciar o coração dos homens. O culto revolvia em torno da adoração a três entidades benevolentes — Dialon, o espírito da Determinação (representado por um bode); Bala, o espírito da Criação (representado por uma folha); e, por fim, Méfis, o espírito do Amor (representado por um círculo vermelho) —, que eram na verdade Diablo, Baal e Mefisto. Dizem que o número três era usado simbolicamente na arquitetura e no *modus operandi* do grupo. Veja a ala militar do Triuno, os Guardiões da Paz, por exemplo: viajavam sempre em três, cada membro servindo a uma das divindades aparentemente misericordiosas.

No auge de seu poder, o Triuno sucumbiu perante Uldyssian ul-Diomed e seus companheiros nefalem despertos, os edyrem. Está claro, contudo, que resquícios do culto perduraram muito depois. Confinados às sombras, eles abandonaram a fachada benevolente do Triuno e preservaram seus segredos vis, esperando fielmente por um sinal dos Males Supremos. Creio que a última encarnação do Triuno seja um grupo que se denomina o Culto (sobre o qual escrevi acima). Se existem outras ramificações do culto ainda é um mistério, mas devo crer que a resposta seja sim. Afinal, a influência dos Males Supremos não é facilmente expurgada do mundo dos mortais.

A Guilda dos Ladrões

* Líder: *Desconhecido (Assim como os assassinos,
a guilda faz de tudo para ocultar sua liderança.)*
* Base de operações: *Hespéria*
* Situação: *Ativa*
* Número de membros: *Cerca de 300 (incluindo todas as patentes)*

A Guilda dos Ladrões surgiu nos anos que sucederam a fundação da nação de Hespéria por Rakkis. Desde então, a rede criminosa espalhou-se para cidades de todo o reino e além, envolvendo-se em extorsões, subornos, contrabando, assassinato e atividades ilícitas de toda sorte.

A Guilda trabalha ativamente para manter sua operação interna um mistério. Vim a saber, entretanto, que a ordem geralmente recruta seus membros de áreas severamente empobrecidas. Os iniciantes são treinados para furtar bolsos; aqueles que se mostram mais promissores ascendem no grupo de forma semelhante a um artesão numa guilda legítima. Deve-se notar que subir na escala hierárquica garante oportunidades de operações cada vez mais lucrativas — e perigosas.

Consórcio Mercante

* Líder: *Conselho do Consórcio Mercante*
* Base de operações: *Caldeum*
* Situação: *Ativa*
* Número de membros: *Cerca de 10.000 (incluindo mercadores comuns)*

Existem diversas guildas mercantis em Santuário, mas uma — o Consórcio Mercante de Caldeum — me desperta especial interesse. Essa ordem perdurou e floresceu em meio à guerra, à fome e à passagem dos impérios. Creio que parte da força do consórcio venha de seus métodos inclusivos. Os líderes da ordem não lutam contra os ventos da mudança; eles os abraçam. Isso fica evidente em sua decisão de permitir a construção da grande catedral Zakarum de Saldencal em Caldeum. Mais tarde, o consórcio construiu o Santuário Yshari, um centro de estudos arcanos. As duas ações angariaram para o consórcio muitos aliados entre a fé Zakarum e os clãs de magos. Recentemente, o finado imperador Hakan I do Kehjistão estabeleceu a capital em Caldeum. Em vez de resistir à súbita mudança, o consórcio manobrou habilmente pelo lamaçal político e conseguiu manter sua influência na cidade.

Zakarum

* Líder: *Que-Hegan Dirae*
* Base de operações: *Saldencal, Caldeum*
* Situação: *Ativa*
* Número de membros: *Cerca de 50.000*

Quem, nos dias de hoje, desconhece a fé Zakarum? Quem nunca viu seus seguidores pregando sobre a Luz interior ou sobre o fundador, Akarat, das ruas de paralelepípedos de Hespéria aos bazares sinuosos de Caldeum? Nos últimos séculos, essa organização causou impactos profundos e extensos em todo o mundo, caro leitor. Um feito notável, considerando-se seu início como um humilde grupo de ascetas. Com o tempo, a fé conquistou nações e elevou imperadores ao trono.

Recentemente, a Igreja Zakarum perdeu muito de sua influência. A descoberta de que Mefisto, Senhor do Ódio, corrompeu os altos escalões da fé — o Que-Hegan e o Alto Conselho — levou a organização à beira da ruína. A igreja então transferiu-se de Kurast para Caldeum. Sob a liderança de um novo Que-Hegan, Dirae, a fé Zakarum está cuidando de suas feridas e restaurando sua reputação.

Antes de finalizar, devo acrescentar que em Hespéria a fé Zakarum distanciou-se da igreja do Kehjistão (especialmente após a revelação a respeito de Mefisto). Na verdade, o reino do oeste tornou-se cada vez mais secular em anos recentes, mas grupos influenciados pela fé Zakarum, tal qual os Cavaleiros de Hespéria, ainda existem.

Mão de Zakarum

Considero os anos da Inquisição Zakarum um dos períodos mais sombrios da história. Iniciada pela igreja, a brutal campanha de conversão semeou paranoia e medo por toda a terra do Kehjistão. Infiéis foram considerados corrompidos e sujeitos a horrendas técnicas de interrogatório e "purificação". O grupo de paladinos conhecido como Mão de Zakarum atuou como vanguarda na odiosa cruzada. Apesar de alguns desses guerreiros sagrados terem rompido com a igreja, muitos mais propagaram os horrores da inquisição até que o movimento finalmente desapareceu.

Figuras de interesse

Abd al-Hazir

Abd al-Hazir é um historiador e caçador de conhecimento. Muitos o consideram um dos mais proeminentes eruditos de Caldeum, e por vários anos ele lecionou nas academias mais renomadas da cidade. Sua trajetória de ascensão e fama é especialmente impressionante se levada em consideração a pobreza abjeta em que nasceu. Ouvi dizer que recentemente Abd partiu numa jornada pelo mundo para documentar sua miríade de povos, criaturas e terras.

Akara

Akara é a líder espiritual das Irmãs do Olho Cego, uma mulher de voz macia, inescrutável, sábia. Creio que ela tem vasto conhecimento acerca das maneiras secretas — guardadas a sete chaves — de se usar o Olho Cego, um incrível artefato proveniente das Ilhas Skovos.

Akarat (morto)

Existem inúmeras lendas a respeito de Akarat, fundador da fé Zakarum. A verdade, contudo, é que sua origem e história são um mistério. Até mesmo as circunstâncias de sua morte são cercadas de boatos. Dizem que, após difundir seus ensinamentos no Kehjistão, ele desapareceu no leste e nunca mais foi visto.

Alaric (morto)

De acordo com os *Livros de Kalan*, Alaric provinha de uma das primeiras gerações de nefalem. Ele e seus companheiros viviam no que outrora fora um grandioso templo em Khanduras (as ruínas do lugar, conhecido como Templo Inundado, existem ainda hoje). Depois que a Pedra do Mundo foi alterada e os poderes dos nefalem definharam, Alaric e seus companheiros foram atacados por um demônio enganador chamado Nereza. Desconheço as circunstâncias e o desenlace desse conflito, mas as lendas dizem que os fantasmas de Alaric e seus aliados vagam ainda hoje pelos salões do Templo Inundado.

Ardleon

Ardleon figura entre os mais bravos seguidores do Arcanjo Tyrael. Durante uma batalha do Conflito Eterno, esse indômito anjo arremeteu contra um mar de demônios e desapareceu atrás das linhas inimigas. Tyrael interveio para salvá-lo e por muito pouco Ardleon se safou das garras infernais. Lado a lado, os dois anjos rasgaram as fileiras do Inferno Ardente para chegar à Hoste Celeste.

Ashara

Ashara passou longos anos como membro de vários grupos de mercenários inescrupulosos. Ela desprezava as táticas brutais que tais grupos empregavam, e por fim veio a forjar os Lobos de Ferro, uma ordem de espadas de aluguel que mantém a honra e o dever acima de tudo. Sei que Ashara é rígida com seus seguidores, mas também muito justa.

Astrogha

O ardiloso demônio é um dos lacaios mais leais de Diablo. Minhas investigações apontam que esse demônio peçonhento com várias pernas foi evocado ao reino mortal pelo menos duas vezes: primeiro pelo Triuno, durante a Guerra do Pecado; depois, na era moderna, por um necromante chamado Karybdus. Sobre o atual destino de Astrogha, ouvi relatos de que a vil criatura foi banida para as profundezas de um misterioso artefato conhecido como Luar da Aranha.

Bartuc (morto)

É difícil acreditar nas histórias de Bartuc, o Senhor da Guerra Sangrenta... difícil acreditar que um homem tenha se perdido num abismo tão profundo de depravação e barbaridade. Relatos afirmam que Bartuc era um mago Vizjerei versado nas artes sombrias da evocação demoníaca para uso em batalha. A verdade é que, sem medir as consequências, ele abraçou alegremente os poderes do Inferno Ardente.

O ritual macabro de banhar-se no sangue dos inimigos trouxe-lhe grande infâmia. Se os registros Vizjerei forem mesmo verdadeiros, o ato imbuía o mago com incríveis poderes. Há quem diga que até mesmo sua armadura se refestelava com o sangue derramado, desenvolvendo uma consciência malévola própria.

O apetite e a lascívia pelo genocídio levaram o Senhor da Guerra Sangrenta a travar uma guerra civil contra os Vizjerei, seu próprio clã. O rompante sanguinário foi impedido de uma vez por todas com seu assassinato pelas mãos do próprio irmão, o mago Horazon.

Benu (morto)

Considero as crenças e modos do povo umbaru, habitante da selva Teganze, infinitamente intrigantes. Uma história recente que me foi contada a respeito dos guerreiros espirituais dessa cultura, os feiticeiros, menciona um tal Benu. Dizem que esse jovem se sacrificou bravamente para matar um demônio da angústia que se travestira de umbaru. Alguns feiticeiros atestam que, desde tal evento, o espírito de Benu lhes fala do além, guiando-os e provendo-lhes sabedoria.

Charsi

Quando era muito jovem, a bárbara Charsi e seus pais foram emboscados por um tropel de cruéis khazra. Antes de serem implacavelmente massacrados pelos caprinos, a mãe e o pai conseguiram esconder a menina na mata próxima. Por sorte, membros das Irmãs do Olho Cego encontraram Charsi e a tomaram sob seus cuidados. Assim, ela mesma tornou-se membro da organização, usando sua imensa força física para forjar as armas e armaduras da ordem.

Cidárea

Dizem que Azmodan, o Senhor do Pecado, lidera sete poderosos tenentes. Entre eles, Cidárea, a Senhora da Luxúria. Escritos Vizjerei referem-se a ela como a serva favorita de Azmodan, uma mulher-demônio invulgarmente bela e, ao mesmo tempo, aterradora. Habitando o palácio do prazer do Senhor do Pecado, ela regozija-se borrando a linha que separa a dor e o prazer, o êxtase e o mais profundo tormento.

Fara

Fara foi outrora uma devota paladina dos Zakarum.
Ao descobrir que o mal fixara suas raízes na igreja,
ela abandonou a ordem e se estabeleceu em Lut Gholein.
Foi lá que a conheci, mourejando como ferreira sob o sol escaldante do deserto. Apesar da drástica mudança no estilo de vida, Fara mantém laços profundos com os ensinamentos do fundador de Zakarum, Akarat, crendo em sua pureza e valor a despeito da corrupção da igreja.

Farnham (morto)

A lembrança que tenho de Farnham é a de seus melhores dias — um jovem espirituoso perambulando por Tristram. Quando o Príncipe Albrecht, o herdeiro mais jovem do Rei Leoric, desapareceu, Lazarus fez com que Farnham e vários camponeses se embrenhassem pelas profundezas amaldiçoadas da catedral da cidade em busca do menino. Apesar de ter retornado vivo, sua sanidade e seu gosto pela vida ficaram para trás. Até o dia de sua morte pelas mãos de demônios saqueadores, Farnham vinha afundando cada vez mais no desespero, encontrando conforto apenas na bebida.

Garreth Rau (morto)

Um dos maiores livreiros de toda a terra de Santuário, Garreth Rau era um brilhante erudito. Sua afinidade natural com a magia foi aprimorada sob a tutela de um mago Taan. Mais tarde, Rau liderou os Primeiros, um grupo de jovens e bravos estudiosos que se dedicaram a levar adiante os ensinamentos dos Horadrim originais.

Em algum ponto desses eventos, Belial voltou-se com grande interesse para Rau e suas habilidades. Cobrindo os pensamentos e memórias do homem com um véu de mentiras, o demônio fez dele um fantoche. Movido pelos desejos sombrios de Belial, Rau conquistou Géa Kul com o intuito de despertar um exército de feiticeiros enterrados sob a cidade.

Trabalhei para frustrar os planos de Rau com um grupo de bravos heróis (Léa também estava ao meu lado), mas seus poderes eram grandiosos demais para nós. No fim, toda a humanidade que restava em Rau ressurgiu diante do engodo de Belial. Ao ver o joguete maligno e aviltado que se tornara, o erudito decidiu tomar a própria vida.

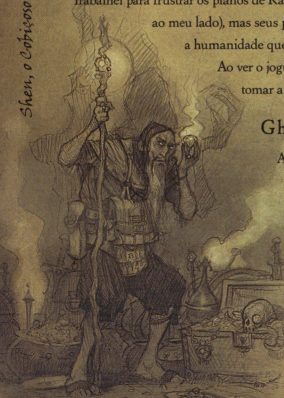

Shen, o Cobiçoso

Hefasto, o Armeiro

Gharbad (morto)

A maioria das pessoas considera os khazra como feras irracionais e mais nada, no entanto eles podem ser criaturas manipuladoras e astutas. Um deles, Gharbad, tentou ganhar a confiança do Príncipe Aidan e seus aliados durante a Escuridão de Tristram. Só mais tarde a besta pulguenta revelou sua natureza assassina, e por isso foi morta.

Ghom

Ghom, o Senhor da Gula, é um dos sete leais tenentes de Azmodan. Seu apetite é insaciável; ele é conhecido por consumir tanto os inimigos quanto os aliados demoníacos que chegam perto demais de suas mandíbulas gotejantes. Cada um de seus poros emana podridão, um fedor tão forte que pode, sozinho, sufocar a vida de mortais.

Gillian

Gillian era empregada na Estalagem do Sol Nascente de Tristram. Seu sorriso e suas doces palavras eram capazes de iluminar o dia do mais carrancudo dos clientes. Depois da Escuridão de Tristram, a bruxa Ádria a convidou para a famosa cidade de Caldeum. A jovem agarrou a oportunidade, deixando para trás seu lar despedaçado em busca de uma nova vida.

Em Caldeum, Ádria deu à luz Léa e a deixou sob os cuidados da jovem. Depois, desapareceu e nunca mais voltou. Os anos que se seguiram foram difíceis para Gillian. Quando finalmente a encontrei, anos mais tarde, ela era uma pessoa diferente. Vazia. Fria. Distante. Vozes sombrias arrancaram sua sanidade, e ela viu em Léa uma terrível ameaça.

Nas garras da loucura, Gillian tentou matar Léa e a mim ateando fogo à própria casa durante a noite. Felizmente, todos escaparam ilesos das chamas. Depois disso, tomei Léa sob meus cuidados. É triste admitir que não fui capaz de ajudar Gillian. Agora ela está num dos manicômios de Caldeum, onde foi jogada pelos guardas da cidade.

Griswold (morto)

Griswold veio para Tristram anos antes de Diablo ser libertado, em busca de uma nova praça para exercer seu ofício de ferreiro. Quando o Senhor do Medo lançou seu manto de sombras sobre a cidade, o robusto Griswold sofreu um terrível ferimento combatendo demônios sob a catedral, o que o impossibilitou de lutar. Mesmo assim ele fez tudo que pôde para ajudar o Príncipe Aidan e seus aliados a esconjurar o mal de Tristram. No fim, lacaios do Inferno mataram o ferreiro e o transformaram num monstro vivo aterrador e assassino.

As teorias de Cain a respeito de meu relacionamento com Hadriel, assim como a decisão do anjo de ajudar os campeões mortais, estão corretas.

Hadriel

Quando meus companheiros adentraram o Inferno Ardente para destruir a pedra da alma de Mefisto e matar Diablo, alegaram que um anjo chamado Hadriel veio em seu auxílio. Quem era a tal figura? Por que apareceu no Inferno? Pessoalmente, estou convencido de que Hadriel era seguidor de Tyrael; um seguidor ciente do envolvimento do arcanjo com Santuário. Depois da descoberta, ele veio por vontade própria ajudar meus aliados a atravessar os terríveis e tortuosos caminhos do Inferno. Isso, contudo, é apenas especulação minha, pois não ouvi nenhuma outra menção a Hadriel em anos recentes.

Haedrig Eamon

Encontrei no ferreiro Haedrig Eamon um companheiro alegre e caloroso. Algo nele me faz lembrar seu avô, o Chanceler Eamon, um dos homens a serviço do rei Leoric durante a Escuridão de Tristram. Devo observar, todavia, que Haedrig estava em Caldeum durante todo aquele horrendo período. Só muito depois ele veio para Khanduras, estabelecendo-se em Nova Tristram com a mulher e um promissor aprendiz. O empenho e amor aos detalhes que Haedrig evidencia em seus trabalhos de ferraria sempre me surpreendem, mesmo que sejam tarefas rotineiras. Ele é um grande homem — um futuro brilhante o aguarda.

Hefasto, o Armeiro

Hefasto é um paradoxo do Inferno Ardente. O demônio colossal é lacaio de Baal, portanto movido por um ímpeto incontrolável de destruir tudo que toca. Ao mesmo tempo, Hefasto possui o dom da criação. Labutando na Forja Infernal, ele criou armas incríveis para seus camaradas demônios usarem em batalha. Penso que talvez ele tenha conseguido canalizar sua natureza destrutiva, fundindo-a ao armamento que forja. Dizem que o monstro se orgulha imensamente em saber que suas criações semeiam morte e destruição incomparáveis.

Há cerca de vinte anos, um grupo de campeões mortais derrotou Hefasto durante uma incursão à Forja Infernal. Escritos Vizjerei antigos afirmam que os demônios podem renascer em seu árido reino após a morte. Se isso for verdade, acredito que o armeiro do Inferno possa retornar nos dias que virão.

Horazon

Horazon era um mago do clã Vizjerei, quiçá um dos mais poderosos que já viveram. Quanto à sua abordagem em assuntos demoníacos, ele acreditava em quebrar os espíritos dos demônios e sujeitá-los ao seu absoluto controle. Por fim, Horazon percebeu que tratar com demônios traria a ruína de toda a humanidade.

Após a dispendiosa Guerra dos Clãs Magos (assunto de que tratei em outros escritos) e sua terrível batalha com Bartuc, Horazon rompeu com a sociedade, criando um baluarte chamado Santuário Arcano, onde dedicou seus dias a estudar os segredos do arcano. Não sei dizer se ainda está vivo, mas, considerando o imenso poder que Horazon tinha sob seu domínio, creio que ele possa ter encontrado uma maneira de prolongar sua vida.

Iben Fahd (morto)

Iben Fahd foi um habilidoso mago Horádrico do clã Ammuit. Estava entre os bravos indivíduos que se infiltraram nos arquivos de Zoltun Kell e esquartejaram o mago ensandecido. De acordo com os textos Horádricos, Iben recebeu a macabra tarefa de esconder a cabeça de Kell.

Imperador Hakan II

Filho de uma família paupérrima do norte longínquo, agora o jovem Hakan II ocupa o trono como imperador do Kehjistão. Você pode se perguntar como alguém vindo de uma posição tão desprivilegiada galgou posição tão elevada. A resposta está em Zakarum. Há tempos é o clero quem determina a sucessão de governantes do império. Lançando mão de rituais secretos, os membros da igreja descobriram a presença de Hakan II no norte, declarando-o então o novo imperador do Kehjistão.

Mais tarde, Belial possuiu Hakan II, usando o garoto para semear o caos em Caldeum antes que meus aliados o derrotassem.

Imperador Tassara (morto)

Tassara viveu num tempo em que riqueza, poder e sangue determinavam quem governaria o Kehjistão. Por isso, desde a tenra infância, ele foi cuidadosamente preparado para a posição de imperador, estudando os meandros da história e da política, o monarca aprendeu com os erros de seus predecessores. É bem possível elencá-lo como um dos maiores governantes do Kehjistão. Tassara deflagrou diversas reformas em seu tempo, como tornar Zakarum a religião oficial do império. Tal ato, por si só, foi suficiente para que a igreja o venerasse.

Izual

Izual retornou, convocado para servir ao Mal Supremo. Meus aliados o derrotaram no Paraíso Celestial, onde ele e eu outrora caminhamos como grandes amigos.

Que a história de Izual permaneça como lembrança de que até mesmo anjos, a encarnação da ordem, podem ser vencidos para o caos pelos poderes do Inferno Ardente...

Um tenente da mais alta confiança do Arcanjo Tyrael, Izual foi capturado durante um ataque ao Inferno. Assim, os Males Supremos submeteram o anjo a terríveis atos de tortura. Dizem até mesmo que Izual cedeu e contou segredos a respeito das pedras das almas aos captores demoníacos.

Quase vinte anos antes, quando meus aliados mortais irromperam no Inferno para enfrentar Diablo, subjugaram o corrompido Izual. Todavia, muitas vezes me pergunto se um dia ele renascerá no Inferno, um poder amaldiçoado que, dizem, alguns demônios possuem.

Jacob Staalek

Jacob não carrega mais El'druin. Eu evoquei a Espada da Justiça até mim após retornar ao Paraíso Celestial.

Em anos recentes, ouvi histórias sobre um sujeito chamado Jacob, nascido e criado no acampamento norte de Staalark. Infectada por uma praga demoníaca de fúria, a tribo de bárbaros Coruja atacou repetidas vezes o vilarejo, disseminando a corrupção entre seus habitantes. Segundo contam, Jacob foi forçado a matar o próprio pai, assolado pela terrível aflição. Por isso, o jovem foi caçado pelo crime de assassinato. Por fim, redimiu-se matando o demônio pútrido que deflagrara a praga: Maluus.

O mais incrível no relato é que, a determinada altura, Jacob empunhou a lendária Espada da Justiça de Tyrael, El'druin. Como isso aconteceu? Só posso admitir que quando Tyrael destruiu a Pedra do Mundo sua lâmina angelical foi abandonada nas terras ocidentais. Seja qual for o caso, para poder empunhar El'druin, Jacob era certamente um homem de coração justo.

Jazreth (morto)

Durante a Escuridão de Tristram, o mago Vizjerei Jazreth chegou à minha cidade, atraído pelos rumores de presença demoníaca. Lutar contra os lacaios de Diablo certamente drenou toda a bravura e comedimento que um dia habitaram o coração do homem. Denominando-se o Invocador, ele partiu em busca do lendário Santuário Arcano de Horazon para, pilhando seus segredos, engrandecer o próprio poder. Felizmente, pereceu antes de cumprir sua missão.

Jered Cain (morto)

Muito do que sei a respeito dos Horadrim, demônios, anjos e sobre o arcano é devido aos meticulosos registros repassados a mim por Jered Cain. Estranhamente, não sei muito a respeito da vida pregressa de meu ancestral. Ele era um grande mago Vizjerei — isso é irrefutável. Relatos afirmam que um terrível evento do passado o atormentava. O que aconteceu é incerto, mas creio que, por meio dos Horadrim, Jered pode ter encontrado um novo propósito na vida.

Por ordens de Tyrael, meu ancestral e seus companheiros partiram com a árdua missão de rastrear e aprisionar os Males Supremos — a Caçada aos Três. Foi após a derrota de Mefisto e Baal que Jered se tornou líder dos Horadrim. Com sabedoria e determinação irrefreável ele liderou seus companheiros magos numa terrível batalha contra Diablo — que terminou com a captura dos Males Supremos na Pedra das Almas Carmesim. Aparentemente Jered passou o resto de seus dias num monastério Horádrico próximo ao local que viria a se tornar Tristram.

Karybdus

Os necromantes consideram-se guardiões do Equilíbrio entre as forças do Inferno Ardente e do Paraíso Celestial. Ouvi relatos de que um membro dessa ordem, Karybdus, chegou a extremos perigosos para alcançar seu ideal. Dizem que ele evocou o demônio Astrogha em Santuário, mas é difícil compreender que motivos — não importa o quão nobres fossem — poderiam tê-lo levado a cometer um ato tão abominável.

Aparentemente os companheiros necromantes de Karybdus também viram suas escolhas como desastrosas. Um deles, um homem chamado Zayl, por fim aprisionou ambos, Karybdus e Astrogha, num estranho artefato conhecido como Luar da Aranha.

Kashya

Kashya lidera as forças marciais das Irmãs do Olho Cego. Testemunhei com meus próprios olhos sua capacidade e a considero uma das arqueiras mais competentes que a ordem já concebeu. Além disso, sei que Kashya possui uma genialidade ímpar no que diz respeito a táticas e estratégias.

Kehr

Desde a destruição do Monte Arreat, os bárbaros têm sido um povo nômade e atormentado. Muitos, contudo, ainda lutam para viver com propósito e honra. Sei que o homem chamado Kehr é um deles. Ele monta guarda na Trilha de Ferro, uma estrada montanhosa a norte de Khanduras assolada por ataques khazra. Sob a vigilância obstinada de Kerh, a rota agora provê passagem segura a todos os viajantes.

Khelric (morto)

Khelric era o grande chefe da tribo dos bárbaros Coruja. Em algum momento (as fontes diferem a respeito de quando), o demônio Maluus possuiu o bravo guerreiro a fim de usá-lo para espalhar sua terrível praga de fúria demoníaca. Empunhando a Espada da Justiça do Arcanjo Tyrael, um jovem chamado Jacob Staalek derrotou Khelric em combate. A essa altura, Maluus distorcera completamente o corpo do chefe bárbaro, tornando-o um horrendo hospedeiro do mais puro ódio.

Korsikk (morto)

Korsikk, filho de Rakkis, foi o segundo rei de Hespéria. Durante seu reinado, ordenou a construção do imponente Forte da Vigília com o intuito de deter os bárbaros que atacavam pelo norte. Mais tarde, Korsikk reuniu seus exércitos e partiu bravamente para fazer o que seu pai não pudera: esmagar as tribos bárbaras de uma vez por todas. Conta-se que o rei morreu uma morte ignóbil durante a campanha, abatido por um de seus odiados inimigos.

Lachdanan (morto)

Recordo-me com afeição de Lachdanan. Ele era um homem justo, capitão do exército do Rei Leoric. Quando o monarca de Tristram sucumbiu à influência de Diablo, sem encontrar outra forma de proteger a cidade da onda de escuridão que se aprumava, Lachdanan matou seu senhor.

    O capitão e seus aliados mais próximos enterraram o rei sob a catedral de Tristram, mas o que aconteceu depois permanece um mistério. Contam que Leoric se ergueu dos mortos como Rei Esqueleto e amaldiçoou Lachdanan e seus confrades. Assim, o capitão decidiu vagar pelas catacumbas subterrâneas até o fim de seus dias, em vez de levar o mal que habitava seu coração para o meio dos inocentes camponeses de Tristram.

Lazarus (morto)

Às vezes desperto no meio da noite atormentado por Lazarus em meus pesadelos. O que dizer sobre um homem tão desprezível? Ex-arcebispo da Igreja Zakarum, creio que tenha sido um dos primeiros membros da fé irrevogavelmente corrompidos pelos Males Supremos. Grande orador, Lazarus ganhou a confiança de Leoric usando seu dom — o arcebispo foi fundamental na decisão do homem de viajar até Tristram e proclamar-se rei de Khanduras.

    Uma vez em Tristram, Lazarus libertou Diablo da Pedra das Almas Carmesim e deu início a uma série de eventos que culminariam na morte de incontáveis inocentes. O Príncipe Aidan foi capaz

de subjugar o arcebispo, mas ainda hoje me pergunto quantas vidas teriam sido salvas se eu tivesse enxergado além do véu de benevolência e sabedoria de Lazarus.

Li-Ming

De tempos em tempos, ouço notícias de promissores calouros aceitos pelo Santuário Yshari de Caldeum. As mais recentes contam sobre Li-Ming, uma jovem de Xiansai. Dizem que seu apetite por conhecimento arcano é insaciável, e sua afinidade com a magia, inacreditável. Espero que com o passar dos anos ela aprenda a usar seus vastos poderes com equilíbrio e sabedoria.

Lucion

Lucion, o malfadado filho de Mefisto. Ao contrário de sua irmã, Lilith, ele serviu prontamente ao pai (pelo menos foi o que pareceu). A mando dos Males Supremos, Lucion veio até o mundo de Santuário e forjou o Triuno, um culto de ares benevolentes que almejava, em verdade, dobrar os corações da humanidade para a escuridão. Assumindo o papel de líder espiritual do culto, o filho de Mefisto apresentou-se como Primus.

Deve-se observar que Lucion assumiu uma aparência mortal para cumprir sua incumbência. Os *Livros de Kalan* descrevem-no como um homem sábio e carismático dotado de uma voz tão confortante que beirava a hipnose. Só tempos depois, quando o nefalem Uldyssian ul-Diomed e seus sequazes investiram contra o Triuno, Lucion revelou sua verdadeira forma. Nem mesmo os imensos poderes demoníacos foram páreo para a força do exército nefalem.

Maghda

Uma tempestade sombria de rumores e mentiras envolve Maghda e sua origem. Sei que ela é versada nas artes da bruxaria e também que lidera o Culto, a seita responsável por levar adiante as tradições do Triuno. Nada — nem ninguém — é poupado em seus sacrifícios para satisfazer os Senhores do Inferno Ardente. Ademais, seu passado permanece um mistério.

Malic (morto)

Durante a Guerra do Pecado, o humano Malic sucumbiu ao domínio dos Males Supremos. Tornou-se leal membro do Triuno e ascendeu à soberba posição de alto sacerdote. Por sua dedicação, os Senhores do Inferno Ardente concederam a Malic, entre diversas dádivas, uma longevidade sobrenatural. Os *Livros de Kalan* afirmam que, externamente, ele era belo e de físico imponente. Sob a aparência, no entanto, ocultava-se um homem desvirtuado e grotesco.

Lilith, que manipulara o nefalem disfarçada como uma mortal de nome Lylia, esfolou-o vivo durante a Guerra do Pecado. Considero o destino de Malic adequado para um homem que viveu coberto de mentiras para enganar pessoas inocentes.

Maluus

Tenho para mim que Maluus é servo de Mefisto, mas isso não passa de conjectura de minha parte. O que sei é que o demônio veio ao mundo de Santuário após a Escuridão de Tristram e disseminou a praga entre as tribos bárbaras. Dizem que o menor contato com o sangue de Maluus bastaria para cegar qualquer mortal com uma fúria assassina. Por fim, o jovem Jacob Staalek derrotou o demônio, lançando o monstro e a terrível praga de volta nos abismos do Inferno.

Mendeln

Mendeln era irmão de Uldyssian ul-Diomed. Relatos com que me deparei afirmam que ele se tornou amigo de Rathma, o lendário nefalem, e tornou-se necromante por meio dos ensinamentos do sábio. Recentemente fiz uma descoberta inesperada acerca desse homem — ele também era Kalan, a enigmática figura por trás dos *Livros de Kalan*. Não sei quando mudou de nome e nem por que razões o fez, mas me sinto em débito com Mendeln pelo conhecimento que legou em seus tomos.

Mikulov

Conheci Mikulov durante minhas investigações acerca de Garreth Rau e os Primeiros (um assunto que abordei em outros textos). O bravo homem era monge de Ivgorod, um guerreiro espiritual tornado arma viva ao longo de anos de treinamento árduo e incansável. Durante seus estudos, Mikulov descobriu uma profecia que atribuía aos Horadrim papel fundamental na batalha que se anunciava — uma que lançaria os mortos contra os vivos. A inquietante revelação levou o monge a me procurar, crente de que eu poderia impedir o sombrio destino de se realizar.

A verdade, contudo, é que Mikulov fez muito mais que eu para poupar o mundo de tal profecia. Sem o inabalável monge ao meu lado, Rau e seus servos bárbaros teriam dado cabo de Léa e de mim. Devo minha vida a Mikulov. Espero que chegue o dia em que eu possa retribuir.

Morbed

Pouco tempo atrás, ouvi histórias acerca de um homem chamado Morbed, um ex-ladrão que, segundo dizem, carrega consigo uma misteriosa lanterna (acorrentada ao próprio pulso, devo acrescentar). Dizem que ele é capaz de se servir de habilidades de necromantes, arcanistas, cruzados e até mesmo druidas. É difícil crer que um homem possa dominar formas de magia tão díspares, mas não ouso questionar sua existência. Em verdade, diversas histórias narram suas perambulações pelas terras de Santuário, oferecendo auxílio àqueles que necessitam. Quanto às suas motivações, aparentemente ele ajuda outras pessoas para expiar um terrível pecado de seu passado.

Moreina (morta)

Em meio à Escuridão de Tristram, uma sombria figura encapuzada chegou à cidade para combater as forças do Inferno Ardente. Moreina, como se chamava, era uma das mais habilidosas ladinas entre as Irmãs do Olho Cego. Quando finalmente o mal foi esconjurado de Tristram, a corajosa Moreina partiu para retornar à sua ordem. No entanto, algo retornava com ela — uma loucura silenciosa que devorou seu outrora nobre coração. Sob a alcunha de Rapina Sangrenta, ela se aliou ao Mal Inferior Andariel e se voltou contra suas companheiras ladinas, sendo morta em seguida.

Lucion

Natalya

Em outros tempos, Natalya fez parte do Viz-Jaq'taar, o sombrio grupo de assassinos incumbido de caçar magos renegados. Tudo indica que ela recentemente abandonou a ordem para dedicar-se à causa dos caçadores de demônios, um grupo de guerreiros devotados à erradicação dos lacaios do Inferno Ardente das terras de Santuário.

Nihlathak (morto)

Nihlathak era uma respeitada figura entre os bárbaros e membro do Conselho dos Anciãos. Quando Baal deu início à marcha sangrenta rumo ao Monte Arreat, o círculo de venerados líderes reuniu-se para decidir que curso de ação tomar. Lançaram um feitiço de proteção ancestral e perigoso para defender a cidade de Harrogath, o último acampamento entre Baal e o cume do Arreat. Todos os membros do conselho pereceram durante o ato altruístico.

Todos menos Nihlathak.

Enquanto Baal marchava por terras bárbaras, Nihlathak angustiava-se cada vez mais. Ele assistira à morte de seu povo, assistira às suas terras serem maculadas pelas forças do Inferno. Ele acreditava que apenas fazendo um pacto com Baal os bárbaros sobreviveriam à provação. Assim, Nihlathak deu a Baal a Relíquia dos Antigos, um lendário artefato necessário para superar as defesas de Arreat e chegar ao cume, em troca da segurança de Harrogath.

Apesar de suas motivações parecerem nobres, o fato é que com esse ato Nihlathak permitiu que Baal corrompesse a Pedra do Mundo, dando início a uma série de eventos que culminariam na destruição de Arreat. O próprio Nihlathak, desvirtuado após a forja da abominável aliança com Baal, conheceu seu fim antes da destruição da montanha.

Nor Tiraj (morto)

O mago Vizjerei Nor Tiraj foi um dos mais prolíficos acadêmicos dos Horadrim. Em muitos lugares referem-se a ele como acólito, o que me faz crer que não estava entre os membros originais da ordem. Pelo que pude descobrir, ele permaneceu em Khanduras após a Caçada aos Três, expandindo a grande biblioteca Horádrica da região ao lado de meu ancestral Jered Cain.

Norrec Vizharan

A primeira vez que ouvi sobre o caçador de tesouros e soldado de aluguel Norrec Vizharan foi durante uma viagem à cidade de Hespéria. Lá, um colega erudito relatou-me a história do homem. Vizharan, trabalhando para um mago Vizjerei, encontrou aparentemente por acaso a armadura amaldiçoada de Bartuc, o Senhor da Guerra Sangrenta. Ao vestir as peças, o caçador de tesouros foi tomado por uma sede de sangue e voltou-se contra os próprios companheiros. Não sei quantas pessoas Vizharan assassinou enquanto se digladiava contra a influência malévola da armadura, mas meus colegas afirmam que, por fim, ele conseguiu se livrar da maldição.

Ogden (morto)

Ogden era o proprietário da Estalagem do Sol Nascente, um homem de coração caloroso considerado um amigo por quase todos os habitantes da cidade. Tragicamente, ele e sua amada esposa, Garda, pereceram tentando salvar um grupo de pessoas de uma hoste de demônios que investiu contra Tristram.

Ord Rekar (morto)

Ord Rekar foi um orgulhoso e respeitado membro do Conselho dos Anciãos. Considero-o a pedra angular da organização, a personificação de sua força e sabedoria. Rekar pagou com a própria vida quando ele e seus companheiros lançaram o grande feitiço de proteção para defender Harrogath da marcha do exército demoníaco de Baal.

Ormus

Conheci Ormus nas docas de Kurast há cerca de vinte anos. Sua fala era peculiar, o que meus companheiros atribuíram à insanidade. Eu, contudo, suspeito que Ormus seja um mago sábio e incrivelmente dotado. Seus feitiços revelaram-no como membro do clã Taan, que se concentra no uso da adivinhação, da vidência e outras habilidades com raízes em antigos ritos místicos Skatsimi.

Pepin (morto)

Pepin era um amigo próximo em Tristram. Um homem atencioso que estudou profundamente as artes da medicina e da cura. Suas habilidades foram essenciais durante a Escuridão de Tristram, salvando muitas vidas. Mais tarde, testemunhei a morte de Pepin por mãos demoníacas. Não repetirei aqui os horrendos detalhes. Basta dizer que as imagens ficaram marcadas a ferro e fogo em minha mente; temo que me assombrarão até o fim de meus dias.

Pindleskin (morto)

A primeira vez que ouvi sobre Pindleskin, o horror esquelético, foi durante a investida de Baal contra o Monte Arreat. Desde então, tenho procurado detalhes a respeito da criatura. O relato que considero mais interessante cita um famoso chefe bárbaro. Séculos atrás, o general Rakkis do Kehjistão invadiu as terras ao redor do Monte Arreat. Seus exércitos lutaram contra as tribos bárbaras e retornaram, mas não sem causar danos consideráveis. O chefe da tribo dos Ursos — um homem de incrível vigor físico — foi uma das vítimas. Creio que Pindleskin era o que restava desse poderoso líder bárbaro, arrancado do túmulo pela magia imunda que se alastrava entre as fileiras de Baal.

Quov Tsin (supostamente morto)

Quov Tsin era um mago do clã Vizjerei que buscava a lendária cidade de Ureh. Há indícios de que, incrivelmente, ele a encontrou — e foi recebido por Juris Khan, seu recluso governante. No entanto, não há evidência alguma de que Quov tenha retornado de sua jornada. Suponho que tenha perecido nos fabulosos salões de Ureh.

Rakanishu

Os decaídos são criaturas desprezíveis e violentas movidas pelo gosto por destruição. De acordo com relatos Vizjerei (e minhas observações), eles raramente viajam sozinhos. Sendo bestas sociais, alguns decaídos inevitavelmente ascendem a posições dominantes no grupo. Talvez o mais famigerado seja Rakanishu, um decaído particularmente brutal, temido e respeito até mesmo por sua espécie bárbara.

Assim como Izual, o Mal Supremo evocou Rakanoth durante o ataque ao Paraíso Celestial.

Rakanoth, o Senhor do Desespero

O demônio Rakanoth é um mestre da tortura, ex-governante das Planícies do Desespero no Inferno Ardente. Dizem que serviu a Andariel, a Senhora do Tormento, antes de oferecer sua lealdade a outrem. A quem ele serve agora é um mistério. Tomos Vizjerei afirmam que Rakanoth foi carcereiro do anjo Izual durante seu cativeiro. Por longos anos, sujeitou o prisioneiro a formas excruciantes e invulgares de tortura.

Rumford

O incansável fazendeiro Rumford é um dos muitos indivíduos respeitáveis que encontrei em Nova Tristram. Apesar de humilde e introvertido, creio que haja mais nesse homem. Ouvi que um de seus ancestrais era dos tenentes mais leais de Rakkis, um soldado carismático que por fim se estabeleceu em Khanduras. Devido à sua linhagem, estou certo de que o sangue de um líder corre nas veias de Rumford, quer ele saiba ou não.

Quando caí em Santuário e os mortos se ergueram de seus túmulos, Rumford sacrificou bravamente a própria vida para proteger o povo de Nova Tristram.

Sankekur (morto)

Sankekur ocupava a posição de Que-Hegan, a mais alta autoridade divina da Igreja Zakarum. Assim, pode-se dizer com segurança que em determinado momento ele era o ser vivo mais poderoso de toda Santuário. Milhares de adoradores fanáticos atendiam prontamente a todos os seus caprichos. Durante seu reinado, Sankekur cedeu à influência de Mefisto. O Senhor do Ódio subjugou completamente o Que-Hegan, tornando o corpo do homem uma terrível visão demoníaca.

Shanar

Shanar é uma arcanista — os rebeldes estudiosos da magia arcana. Ouvi seu nome pela primeira vez nas histórias de Jacob Staalek (sobre quem escrevi). Aparentemente em algum momento ela partiu para estudar a natureza do Arco Cristalino e a presença de ressonâncias angelicais em Santuário. Suas investigações a levaram ao local de descanso de Eldruin, a espada perdida de Tyrael. As energias que envolviam o fabuloso artefato mantiveram-na aprisionada até que Jacob finalmente surgisse para se apossar da lâmina. Sei que depois disso a arcanista aliou-se ao jovem, mas desconheço suas motivações para tanto ou se ela concluiu seus estudos acerca do Arco Cristalino.

Shen, o Cobiçoso

Em anos recentes, ouvi rumores acerca de um joalheiro errante em busca da gema conhecida como a joia de Dirgest. As histórias referem-se ao indivíduo como Shen, o Cobiçoso, um homem de idade avançada oriundo das terras setentrionais de Xiansai. O que mais surpreende é que registros históricos — inclusive alguns datando de séculos atrás — contam histórias semelhantes; todos mencionam um velho de Xiansai em busca da joia de Dirgest.

Tal Rasha (morto)

Como ocorre com meu ancestral Jered Cain, encontrar detalhes sobre a origem de Tal Rasha é uma tarefa difícil. Existem diversos relatos sobre sua vida, mas quais serão verdade? Às vezes ele é descrito como um mago Ammuit, um dos grão-mestres ilusionistas do clã. Outros relatos apontam-no como Vizjerei ou, talvez, Taan. O irrefutável, contudo, é que era um homem valoroso — talvez tenha sido essa a razão para o Arcanjo Tyrael escolhê-lo para liderar os Horadrim durante a Caçada aos Três.

Tal Rasha provou sua bravura no confronto da ordem contra Baal nos desertos de Aranoch. Na batalha, a Pedra das Almas Âmbar do Senhor da Destruição foi estilhaçada. Altruisticamente, Tal Rasha decidiu usar o próprio corpo para conter o Senhor da Destruição. Por ordens de seu líder, os Horadrim aprisionaram Baal no estilhaço do cristal e o enterraram na carne de Tal Rasha. Depois disso, os magos o prenderam numa tumba subterrânea sob as areias moventes do deserto.

Quase três séculos mais tarde, Diablo libertou Baal de sua prisão. A essa altura, creio que nada restava de Tal Rasha além da carcaça enrugada que um dia lhe servira de corpo.

Valla

Os caçadores de demônios são uma ordem relativamente nova, nascida no rastro da destruição do Monte Arreat. Ouvi várias histórias a respeito de seus membros e sua nobre missão de expurgar a influência demoníaca de Santuário.

Recentemente, uma viajante de passagem por Nova Tristram contou-me sobre uma notável caçadora de demônios, nativa de Hespéria, chamada Valla. Lacaios do Inferno Ardente assassinaram sua família quando ela era apenas uma criança. O terrível acontecimento a transformou para sempre, fazendo com que trilhasse um caminho de vingança contra todos os demônios. Certa vez, ela rastreou e subjugou uma insidiosa criatura que pervertia os pensamentos de crianças para que matassem seus amigos e suas famílias. Contam que durante o encontro a mente de Valla uniu-se brevemente à de seu adversário demoníaco. Não posso nem imaginar que horrores ela testemunhou, mas o fato de que emergiu vitoriosa ilustra claramente sua incrível resistência e aptidão para dar cabo de criaturas do Inferno.

Warriv

O mestre de caravanas Warriv andou por lugares sobre os quais apenas li. Tive a oportunidade de viajar com ele logo após a queda de Tristram, embora depois tenhamos seguido caminhos diferentes. Muitas vezes me pergunto se os anos foram gentis com ele. Eu o considero um aliado de confiança; espero que suas viagens o tragam de volta a Khanduras e eu tenha a chance de encontrá-lo uma vez mais.

Wirt (morto)

Wirt era um menino educado e vivia com sua mãe, Cânace, em Tristram. Depois da libertação de Diablo, demônios raptaram o pequenino e o arrastaram para o ossuário sob a catedral da cidade. O ferreiro Griswold arriscou a própria vida para salvar Wirt, mas não antes que a perna do menino fosse devorada pelos lacaios do Inferno. Depois disso, a disposição de Wirt tornou-se cada vez mais sombria. Como todos os habitantes de Tristram, o jovem foi morto por uma hoste de demônios vorazes.

Xazax

Xazax é um demônio astuto e manipulador que serve a Belial, o Senhor da Mentira. Dizem que uma feiticeira geniosa chamada Galeona convocou o louva-a-deus infernal a Santuário para cumprir uma missão: recuperar a armadura amaldiçoada de Bartuc, o Senhor da Guerra Sangrenta. Felizmente, não há notícias de que Xazax tenha obtido sucesso em sua missão sombria ou mesmo de que continue a caminhar pelo reino mortal.

Zayl

Sabe-se que o necromante Zayl é um fervoroso adepto das filosofias de sua ordem, trabalhando incansavelmente para garantir que nem os poderes do Inferno nem os do Paraíso ganhem força demais sobre o reino mortal. Tudo leva a crer que é um indivíduo letrado e bem viajado, pois há relatos de suas façanhas da cidade perdida de Ureh ao reino de Hespéria; todos contam seu empenho para frustrar os esforços daqueles envolvidos com artes demoníacas — ou negras.

Dizem que Zayl é dono de uma vasta coleção de artefatos poderosos e estranhos, entre eles um crânio, ao qual está vinculado o espírito de um mercenário chamado Humbart Wessel. Comungar com espíritos é uma prática comum entre necromantes, mas de modo geral as interações têm curta duração. É deveras interessante que Zayl mantenha o crânio e o espírito entre suas posses.

Zebulon I (morto)

Zebulon I foi um dos grandes Que-Hegans da história Zakarum. Iniciou uma profunda reforma que exauriu parte do imenso poder da igreja e deu liberdade de culto aos cidadãos comuns do Kehjistão. Segundo fontes históricas, Zebulon tomou tal decisão após receber visões de Akarat, o lendário fundador da fé Zakarum.

Zhota

Mikulov contou a mim sobre como os guerreiros sagrados de Ivgorod, os monges, seguem cada um seu próprio deus. Um dos membros mais jovens da ordem o fascinava especialmente — Zhota, seguidor de Ymil, deus dos rios, das emoções, das intuições e da vida. Parece-me que essa é uma decisão rara entre os monges, muitos dos quais apreciam a força e a resolução atribuídas a divindades como Zaim, deus das montanhas, e Ytar, deus do fogo.

No entanto, eu em sã consciência jamais atribuiria a escolha de Zhota a qualquer tipo de fraqueza. Descobri recentemente que seu mestre é um homem chamado Akyev, o Irredutível. Histórias sobre ele dão conta de que é um dos monges mais rigorosos e imperdoáveis de Ivgorod. Muitos iniciantes ficaram gravemente feridos (alguns até morreram, segundo rumores), devido aos métodos brutais de treinamento que utiliza. O fato de que Zhota suportou todos os testes do mestre me faz crer que seja um indivíduo incrivelmente resistente e habilidoso.

Zayl

Conclusão

Horadrim, agora entrego em suas mãos este tomo e o conhecimento nele contido. Acrescente a ele. Torne-o seu. Use-o como fundação para erigir um novo e glorioso legado Horádrico.

Não sei o que o futuro reserva para nós ou quais circunstâncias seremos obrigados a confrontar. Alguns de vocês permanecerão ao meu lado nos dias que virão. Outros, talvez eu envie em missões nos longínquos do mundo mortal e mais além.

Qualquer que seja o desafio, no entanto, a despeito de quão divergentes se tornem nossos caminhos, saiba que estamos todos juntos como Horadrim. A ordem é o que nos torna um, o que nos dá um propósito e o que nos permite tornarmo-nos algo muito maior do que cada um de nós.

Somos mortais, nossas breves vidas lampejam feito chispas na vastidão da eternidade. Por meio do conhecimento Horádrico que levamos adiante, das escolhas que fazemos para defender as doutrinas da ordem, podemos transcender a natureza efêmera de nossa existência; ser faróis de esperança e coragem que continuam a alumiar muito depois de deixarmos este mundo.

Tal Rasha, Jered Cain e os Horadrim originais sabiam disso. Deckard e Léa também. Apesar de já terem partido, qual de vocês ainda hoje não se volta para eles em busca de sabedoria? Qual de vocês não se orgulha dos sacrifícios que fizeram e dos atos de bravura que realizaram? Eles continuam a viver em nós, desagrilhoados das limitações mortais.

Em cada um de seus corações reside o mesmo poder — o mesmo potencial — que alçou esses heróis à grandiosidade. Encontre-o. Use-o para iluminar seu caminho nos dias sombrios que nos aguardam.

E lembre-se sempre de que, não importa o que aconteça, eu estarei ao seu lado.

—Tyrael

CIP-BRASIL. CATALOGAÇÃO NA FONTE
SINDICATO NACIONAL DOS EDITORES DE LIVROS, RJ

Burns, Matt
B977d   Diablo III: Livro de Tyrael / Matt Burns, Doug Alexander; [tradução Bruno Galiza, Priscila Caiado, Rodrigo Santos]. — 1ª. ed. - Rio de Janeiro: Galera Record, 2014.

il.

Tradução de: Diablo III: Book of Tyrael

ISBN 978-85-01-10211-9

1. Ficção americana. I. Alexander, Doug. II. Título.

13-08173   CDD: 813
                                   CDU: 821.111(73)-3

Título original em inglês:

Diablo III: Book of Tyrael

Copyright © 2013 by Blizzard Entertainment, Inc.
Diablo III: Book of Tyrael, Diablo, StarCraft, Warcraft, World of Warcraft, e Blizzard Entertainment são marcas ou marcas registradas de Blizzard Entertainment, Inc. nos Estados Unidos e/ou em outros países.
Outras referências a marcas pertencem a seus respectivos proprietários.
Edição original em inglês publicada por Insight Editions, 2013.
Edição traduzida para o português por Galera Record 2014.

Todos os direitos reservados.
Proibida a reprodução, no todo ou em parte, através de quaisquer meios.

Composição de miolo e adaptação de capa: Editoriarte

Coordenação de Localização
ReVerb Localização

Texto revisado segundo o novo Acordo Ortográfico da Língua Portuguesa.

Direitos exclusivos de publicação em língua portuguesa somente para o Brasil adquiridos pela

EDITORA RECORD LTDA.

Rua Argentina 171 — Rio de Janeiro, RJ — 20921-380 — Tel.: 2585-2000, que se reserva a propriedade literária desta tradução.

Impresso em Cingapura

ISBN 978-85-01-10211-9

Seja um leitor preferencial Record.
Cadastre-se e receba informações sobre nossos lançamentos e nossas promoções.

Atendimento e venda direta ao leitor
mdireto@record.com.br ou (21) 2585-2002.

BLIZZARD ENTERTAINMENT

Textos: Matt Burns
Direção Criativa, Layout e Design: Doug Alexander
Roteiro Adicional: Chris Metzen, Micky Neilson, Brian Kindregan
Arte Adicional: Victor Lee
Produção: Josh Horst, Kyle Williams, Skye Chandler
Edição: Cate Gary
Consultoria de Conteúdo: Justin Parker
Licenciamento: Jerry Chu

Agradecimentos: Christian Lichtner, John Polidora, David Lomeli, Benjamin Zhang, Peter C. Lee, Leonard Boyarsky, Michael Chu, Valerie Watrous, Evelyn Fredericksen, Sean Copeland, Leanne Huynh, Audrey Vicenzi, Joseph Lacroix

CRÉDITOS DAS ARTES

The Black Frog — páginas 30, 61, 67, 137, 138, 145, 161
Nicolas Delort — páginas 50, 55, 57, 59, 64, 116, 125
ENrang — páginas 22, 27, 102-103, 122, 128, 148
Riccardo Federici — páginas 111, 131, 146
Gino — páginas 35, 43, 70-71, 76-77, 108-109
John Howe — páginas 38, 41
Joseph Lacroix — páginas 1, 2, 5, 6, 7, 8, 10, 11, 13, 18, 23, 26, 37, 40, 42, 44, 45, 46, 47, 48, 49, 51, 52, 62, 63, 80, 102-103 (fundo), 114-115 (fundo), 162, 163, 165, guardas, cinta, envelope (exterior e interior)
Iain McCaig — páginas 88-89, 96-97
Jon McConnell — páginas 69, 109 (topo e pé), 110, 112 (topo), 113 (esquerda), 114 (centro), 115 (topo, esquerda e direita), 117, 118, 119, 120, 121, 123, 124, 126, 127
Petar Meseldzija — páginas 12, 19, 100, 105, Árvore Rubra de Khanduras
Jean-Baptiste Monge — páginas 15, 16, 81, 93, 106, 112 (esquerda), 113 (direita), 134, 135, 152-153
Glenn Rane — capa
Ruan Jia — página 9
Dan Hee Ryu — páginas 20, 21, 24, 25, 29, 32, 33, 34, 36, 72, 73, 74, 75
Adrian Smith — páginas 82-83, 84-85, 86-87, 90-91, 99, 151, 156, 159
Yang Qi — páginas 94-95
Bin Zhang — páginas 132-133
Zhang Lu — páginas 140-141

*Você vive entre as sombras
e encara os abismos sombrios entre os mundos.
Você carrega esse fardo para que outros sejam poupados dele,
pois você é um dos poucos que conseguem.
Você é um Horadrim, e o seu legado não é definido por riqueza ou fama,
mas pela sobrevivência da humanidade.
- dos escritos de Jered Cain*